# 手に入れたいのはオマエだけ

「焦らされるの好きじゃないんだよ」

濡れた藤谷の唇を指で辿る。眼を見つめたら恥ずかしそうに逸らされる。

ここまできてその反応はないんじゃないかと、むき出しの肌に唇を寄せる。

「あっ」

高い声があがって、引きはがそうとするように肩に手をおかれる。

「したいんじゃなかったの?」

# 手に入れたいのはオマエだけ

成宮ゆり

15215

角川ルビー文庫

# 目次

口絵・本文イラスト／桜城やや

「結構ですよ。結果は後日連絡《れんらく》させて頂きます」

審査員《しんさ》の一人がそう口にすると、壁際《かべぎわ》に立っていたスタッフがドアを開ける。

最後の一人である俺が終わったので、疲《つか》れた顔のプロデューサーや監督《かんとく》が背伸《せの》びをしたり、首を回したりしている。

「ありがとうございました。良《い》い返事お待ちしております」

そう言って頭を下げる。

手応《てごた》えが無かったから、今回は無理かも知れないと思いながら最終選考会場に使われていた会議室を出た。

ドアの横にある『映画「狂王《きょうおう》の夏」オーディション会場』と書かれたパネルを片づけていた係員が俺に気付き、オーディション番号の書かれた名札と引き替《か》えに無造作に床《ゆか》に置かれていた俺のバッグを渡《わた》してくれる。

バッグに付けられた番号札を外して係員に返すと、「井川充《いかわみつる》さんですね。ご苦労様でした。受かるといいですね」と持っていた用紙の氏名欄《らん》にチェックをつけながら励《はげ》まされる。

最終選考の時間がやけに短かったから、もしかしてもう既《すで》にキャストは決まっているんじゃないかと邪推《じゃすい》する。この世界が長いせいで染《し》みついてしまった疑《うたぐ》り深さが頭を擡《もた》げるが、その考えを振《ふ》り払《はら》うように俺は殊更《ことさら》笑顔《えがお》を張り付かせて頭を下げる。

「ありがとうございます」

子役としてデビューして以来ずっと続けてきた役者業は、高校生になった今でもこうして続けている。実力派と言われる一方で作品の選《え》り好《ごの》みが激しいので、一部の人間には生意気だと敬遠《けいえん》されている。

パラシュートがモチーフのナイロンバッグを肩《かた》にかけて、近くにあったエレベータに乗り込むと、同じオーディションを受けた二人組が一緒《いっしょ》に乗り込んで来る。その手には同じフロアにあるカフェのマークが入ったカップが握《にぎ》られていた。そこから香《こう》ばしいコーヒーの香《かお》りが漂《ただよ》ってくる。

二人は顔見知りらしく、ドアが閉まると同時に話し始めた。

「主役はガドのボーカルで決まってるって噂《うわさ》本当なのかな？」

その言葉に思わず意識がそちらに向く。先ほどまで自分ももしかしてと疑っていただけに、二人の会話に思わず耳を澄《す》ましてしまう。

「ガドのボーカルって、あの京《きょう》ってやつかよ？　あいつ役者経験ないじゃん」

「そうだけど、うちのマネージャーから聞いたから確かな話だよ」

ガドは大手芸能事務所である光樂《こうがく》プロが最も力を入れて売り出そうとしているバンドで、そのボーカルを務めているのは俺と同じ高校の芸能科のクラスメイトである藤谷京一《ふじたにきょういち》だ。京というのは京一の芸名だ。ひねりも何もないが、本名をそのまま使っている俺よりはましだろう。

　毎月音楽雑誌の表紙には彼らが写っているし、女性誌や音楽番組でも特集されている。そういえば最近CMも放映されているようだ。人気者故《ゆえ》にあまり授業には出てこないが、午前中は比《ひ》較《かく》的学校に来ている。けれど学校にいる時間の藤谷は寝《ね》ているか、音楽を聴《き》いているかのどちらかだ。クラスが同じというだけで、友達というほど会話した記憶《きおく》もない俺に対して何故《なぜ》か藤谷は口を開けば嫌《いや》みばかり言ってくる。顔は女子が騒《さわ》ぐのも無理無いほどに整っているが、中身に関しては褒《ほ》められたものじゃない。

「それが本当なら最悪じゃね？　監督の矢代勇歩《やしろゆうほ》も所詮《しょせん》そこらの連中と同じじゃってことかよ」

　吐《は》き捨てるようにそう言った男は腕時計《うでどけい》に視線を落として「時間返して欲しいよな」と呟《つぶや》く。

「新人監督じゃスポンサーやプロデューサーには敵《かな》わないだろ。同じ若手でも赤座《あかざ》監督レベルじゃないと思い通りにはいかないって。ま、仮にその噂が本当でもうまくすりゃ脇役《わきやく》ぐらいは回ってくんじゃないの？」

「でも、やらせならオーディション三回もやり直すなよって話だよな。つーか、素人《しろうと》の脇なんて固めたくねぇし」

　そう言ったところでふいに男の一人が俺を振り返り、慌《あわ》てて横にいた別の男を肘《ひじ》でつつく。

　もう一人の男が訝《いぶか》しんで振り返ると、先ほどの男と同様に俺の顔を見てはっとしたように視線を逸《そ》らす。エレベータが一階に着くまで、二人はその後無言だった。ドアが開くと足早に飛び出した二人が、こそこそと「やばい、井川充だった」と言っているのが聞こえる。

――告げ口なんてするかよ。

かつて矢代監督と仕事をしたことがあったが、こんな事をいちいち報告する趣味《しゅみ》はないし、それほど親しくもない。それに彼らの名前なんて知らないから最初から報告のしようもない。

俺はビルのエントランスを出て、男達とは逆方向に歩きながら、先ほど彼らが話していた噂について考えた。

自分もオーディションの審査に邪推していたが、まさかずぶの素人に映画の主役をやらせるだろうか。藤谷に役者の経験なんて、先ほどの男の言葉通りないはずだ。藤谷に関して詳《くわ》しいわけじゃないが、そういう話があったらクラスの女子が騒いでいるだろう。

「まさかな」

いくら光樂が圧力をかけてきたとしても、流石《さすが》に演技を齧《かじ》ったこともない素人が主役を演じるのは難しいだろう。

どうせただの噂だろうと結論付けて、俺は目に入った本屋に入る。これから学校に行っても最後の授業には間に合わないし、かといって今は何の仕事も入れていない。最近はオファーを断ってばかりいたので、マネージャーの下村《しもむら》からも「好きにしてください」と呆《あき》れられている。

本屋の入り口すぐの新刊コーナーに並べられている小説を物色してから、売り上げ順に本が並べられている壁際の棚《たな》を見に行く。

マンガ本の一位に飾《かざ》ってあるのはオーディションをしてきたばかりの映画の原作だった。ストーリーは主人公の高校生が名探偵《たんてい》さながらに、次々と事件を解決していくというものだ。男前のくせにアニメオタクである主人公のキャラクターと、本格的な推理が人気を呼んでいるらしい。

オーディションの二次を受ける前に一応情報収集として三冊ほど買ったが、続きが気になるので一冊手に取る。レジに向かったところで、目の前の壁《かべ》に貼ってあるポスターに気が付いた。

藤谷がバンドのメンバーと格好を付けている。全体的に青みがかった灰色をベースにした暗い色調の中で、ボーカルの藤谷だけがカラーで浮《う》かび上がるように写っていた。

気怠《けだる》そうな、見下すような目をしてこちらを見ている。教室でのあいつも似たような目つきをしている。いつも眠《ねむ》そうで面倒《めんどう》くさそうで、溌剌《はつらつ》や機敏《きびん》といった言葉とは無縁《むえん》のように見える。最近はああいう無気力そうなのが流行《はやり》なのだろうか。

「主役か……」

思わず呟いて、マンガ本の表紙に描《えが》かれた主人公を見た。

ぼんやり立っていると、奥の方で商品整理をしていた店員が慌ててレジにやってくる。

会計を済ませてから本屋を出て駅に向かって歩いていると、今度はビルに取り付けられた大きな液晶《えきしょう》画面に藤谷が映っているのを見つける。新しいCDの発売日を告知する短いCMが流れ出すと、側《そば》を歩いていた女子が何人か立ち止まってその画面をうっとりと見上げた。

「今回のプロモーション映像っていつもより格好良い！」

それはVFXを担当したのがアメリカの有名な制作会社だからだ。画面の端《はし》にちらりと一《いっ》瞬《しゅん》映った会社のロゴがそれを教えてくれている。

「特に京がすごく良いよね！」

「あたしもそう思ってた！　なんか京ってだんだんセクシーになっていくよね」

——あんな奴《やつ》の何がそんなに良いんだ……？

心底理解に苦しむ俺をあざ笑うように、画面の中の藤谷は不敵な笑みを見せて馬鹿《ばか》にするように上唇《うわくちびる》を舐《な》めた。

欠伸《あくび》をかみ殺して食事を済ませたファミレスから学校までの道を歩く。

信号待ちで止まっていると折りたたみ式の携帯《けいたい》が震《ふる》えたので、学ランのポケットから取り出して開く。マネージャーの下村からのメールだ。

『矢代監督の映画のオーディションに犯人役で合格したとのことです。どうしますか？』

「また犯人役か」

思わずそう呟く。去年の暮れにやった舞台《ぶたい》でも殺人犯役だった。近松門左衛門《ちかまつもんざえもん》の原作をアレンジして作られた舞台「女殺《おんなごろし》油地獄《あぶらのじごく》の艶《えん》」でも衝動《しょうどう》的で自己中心的な殺人を犯《おか》した役だった。その役では協会から助演男優賞を貰《もら》ったが、そのせいでしばらく殺人犯の役ばかりオファーが来ていた。

俺はそのオファーを全《すべ》て断った。だから下村はメールの最後に「どうしますか？」と書いたのだろう。

『出る』

短くそれだけ打って返信する。役者としてのイメージが固定されてしまうのが嫌《いや》で断っていたわけではない。ただなんとなく、気が向かなかったんだ。もう少し舞台の余韻《よいん》を味わっていたかった。それに、俺はもう自分が出たいと思った作品にしか出るつもりはない。子役の頃《ころ》はどんな役でも引き受けたが、それは賢《かしこ》いとは言えないやり方だった。一度役のせいでイメージダウンして、一年間ろくな仕事ができなかった経験から役選びには慎重《しんちょう》になった。

矢代監督《かんとく》の作品には前から出たかったから、別に主役でなくても構わない。少し悔《くや》しい気持ちはあるが、犯人役なら端役《はやく》ではない。

学校に向かって歩いていると、校門の前にいつものように見知らぬ学校の女子生徒が立っているのが見えた。警備員に注意されないぎりぎりの位置で固まっている。

うちの高校には芸能科があるので、いつも校門の前には芸能人目当ての子たちがいる。芸能科の生徒が不祥事《ふしょうじ》でも起こせば、マスコミもやってくる。卒業式や入学式は迷惑《めいわく》なほど集まるので、裏門が主に取材専用に使われている。

俺は芸能科なのでまだ我慢《がまん》できるが、一般《いっぱん》の生徒は不便を強《し》いられることも多いのによく我慢している。

「ね、さっき京が車で入っていくの見たんでしょ？」

「うん。珍《めずら》しく助手席に座ってたの！」

きゃー、と騒ぐ女子の横を通り過ぎて、顔見知りの警備員と軽口を叩《たた》いてから校内に入る。

街を歩いていても気付かれないし、出待ちしている子たちにも気付かれない。

劇団の仲間からはカメレオン役者なんてよく言われている。どんな役にも溶《と》け込めて、どんな役者とやってもよく馴染《なじ》むという意味からその渾名《あだな》が付いたが、それはもしかしてオーラがないってことなんじゃないだろうか。

その点、藤谷は俺とは正反対だ。あいつはいるだけで存在感がある。人を惹《ひ》き付ける魅力《みりょく》がある男だ。たとえあいつが教室で机に突《つ》っ伏《ぷ》して音楽を聴《き》きながら寝《ね》ていたとしても、女子の視線はあいつに釘付《くぎづ》けだ。

本当に何が良いのか分からないが。

校舎に入って、廊下《ろうか》を歩きながら再び携帯を見る。下村から「わかりました。返事しておきます」とメールが入っているのを確認《かくにん》して仕舞《しま》おうとすると、向かいから歩いてきた藤谷にぶつかる。

その弾《はず》みで手に持っていた携帯が廊下に落ちた。

拾おうと手を伸《の》ばした時に、藤谷の足がそれを蹴《け》飛ばす。くるくる回りながら、廊下の向こうに携帯が飛ばされた。

「悪い、偶然《ぐうぜん》当たった」

無感動な声でそう言った藤谷は、少しも悪いとは思っていないような顔で歩き去る。自分が蹴飛ばした携帯を拾おうともせずに、その横を通り過ぎる後ろ姿に、忍耐力《にんたいりょく》を試《ため》されているよ

うな気がした。入学以来ずっとあいつはああいう態度を俺にとり続けている。

怒《いか》りを覚えると言うよりも、鬱陶《うっとう》しい。数週間前のクラス替《が》えでまた一年間同じクラスだと知ったときは、思わずため息が漏《も》れた。芸能科は三クラスしかないから同じクラスになる確率が高いのは仕方がないが、未《いま》だにその偶然を恨《うら》んでいる。

いい加減面倒だからといって避《さ》けないで、そろそろがつんと言ってやるべきかもしれない。

俺がそう思いながら飛ばされた携帯の方に足を踏《ふ》み出すと、近くにいたクラスメイトの川添《かわぞえ》が代わりに拾ってくれた。

「ほら」

拾った携帯を自分のセーターの裾《すそ》で拭《ふ》いて渡《わた》してくれた川添に礼を言って受け取る。

「ありがとう」

川添が「あいつ調子に乗ってるよな」と不愉快《ふゆかい》そうに口にする。川添の側《そば》にいたクラスメイトも口々に「あの手の連中はすぐに消えるって」と陰口《かげぐち》を叩く。

他《ほか》の連中は俺みたいに藤谷から被害《ひがい》を受けていないのに、あいつのことが嫌《きら》いなようだ。女子には根強い人気があるが、男子にはあまり好かれていないのは見ていてよく分かる。半分はやっかみで、半分はあいつの性格のせいだろう。

「たまたま足がぶつかっただけだ。蹴ろうとしたわけじゃないだろ」

藤谷をフォローしようとしたわけじゃなく、あいつの話を終わらせるために思ってもいないことを口にする。川添は俺のために怒ってるというよりも、ただ藤谷を罵《ののし》る口実が欲しいだけなのだ。

「充ってほんとお人好《ひとよ》しだよな。そんなんだからあんなのに舐められんだろ。お前の方が、全然すごいのに」

お人好しなんて俺からほど遠い。俺は人間関係に関して極度に面倒くさがりなだけだ。だから面倒なことが起こりそうな時は、先回りして事態の収束を計ろうとする。それは別にお人好しだからでも優等生だからでもない。

「そういえば水曜の夜十一時からの連ドラの主役が決まったんだろ、おめでとう」

先ほど電車の中吊《なかづ》りで知ったことを口にすると、川添が「まぁな、ラブコメだけどな」と恥《は》ずかしそうに頷《うなず》く。

「楽しみにしてる」

自分からすれば胡散臭《うさんくさ》い、他人から見れば穏和《おんわ》な笑《え》みを浮かべながら言う。

「なんだよ、見てくれんの？　銀鷲《ぎんわし》賞獲《と》るような奴が見る価値のあるドラマじゃないぜ？」

茶化《ちゃか》すように川添は笑う。

「だって川添が出るんだろ？」

「…じゃあ、今度ダメ出しでもいいから感想聞かせてよ」

それに頷いて教室に向かう。

銀鷲賞を獲ったのなんて、もう随分《ずいぶん》前の話だ。映画に出演したのはあれから二度だけだ。ほとんど舞台が中心だから世間の知名度は低い。藤谷に比べたら天と地ほどの差がある。子役時代は天才だと持て囃《はや》されたが、この間協会から助演男優賞を貰うまではマスコミからもほとんど忘れ去られた存在だった。

だから尚更《なおさら》疑問だ。

どうしてあいつが俺を敵視してるのか。ライバル心なんて抱《いだ》く必要はないだろう。活動しているジャンルも違《ちが》うんだから。

疑問に思いながら教室に入る。まだ昼休みなので教室はざわついていた。

席につくと一人で課題をやっていた隣《となり》の席の女子が話しかけて来る。

うちの学校は芸能活動を課外授業として認めてはいるが、それでもその分授業を休んだ者には課題が課せられる。これを提出しないと単位が貰えない。彼女は三人組のアイドルユニットで売り出していて、主に深夜枠《しんやわく》でコスプレをしながら活躍《かつやく》している。

「ねぇ、今度藤谷君と共演するんでしょ？」

彼女の言葉に思わず首を傾《かし》げる。脳裏《のうり》にオーディションで聞いた噂《うわさ》がよぎる。それをまさか、とうち消す前に「なんだ、もしかしてまだ知らないの？　今度の矢代監督の映画の主役になったの藤谷君だよ」と課題を解きながら教えられた。

「なんで…？」

なんであいつなんだ？　という気持ちから思わず呟《つぶや》いてしまったが、女子はそれを「なんで知っているんだ？」という意味でとらえたようだ。

「だって事務所同じだもん。いつものことだけど充のところって情報遅《おそ》いよね」

その言葉に確かに、と思った。下村もクラスメイトの藤谷が主役なら教えてくれればいいのにと思いながら、先ほどの素っ気ないメールを思い返す。でも、もしかしたら下村も知らなかったのかもしれない。

「光樂《こうがく》が早いんだろ」

やらせなら情報握《にぎ》ってて当然だとも思ったが、それを口にするつもりはない。こんなことは決して珍しい事じゃない。大手の事務所で後ろ暗いところが少しもないところなんて一つもないだろう。だけどさすがに、素人《しろうと》に大きな映画の主役なんてやらせると思わなかった。

つい、藤谷を見てしまう。教壇《きょうだん》付近の席に座っている藤谷は背中をまるめて、組んだ腕《うで》の中に顔を埋《うず》めて眠《ねむ》っていた。光にキラキラと反射する髪《かみ》は逆立っていて、学ランの黒によく映《は》えている。

その藤谷の携帯《けいたい》電話が鳴り出して、藤谷はごそごそとポケットからストラップのないシンプルな携帯を取り出す。
二、三言交《か》わして電話を切ると、藤谷は立ちあがって椅子《いす》の背もたれに掛《か》けていたバッグを手に取る。
「仕事？　私、先生に言っておこうか？」

顔を赤らめながら近くの女子が藤谷を見上げたが、藤谷は彼女を無視して俺を振《ふ》り返った。

見ていたのを気付かれたのかと思ったが、そういうわけでもなかったらしい。藤谷はふっと口元を歪《ゆが》めるといつもの嫌みな笑みを浮《う》かべて「あんた頼《たの》むよ。どうせ暇《ひま》だろ？」と言ってそのまま教室を出ていこうとする。

面倒《めんどう》なので藤谷の言葉を無視していたのに、ちょうど教室に帰ってきた川添がそれを聞いて顔を歪めた。藤谷とすれ違《ちが》うときに「羨《うらや》ましいよなぁ、売れっ子で。でも、俺は年増《としま》のスポンサーと寝てまで売れたくないけど」と川添が悪意をぶつける。

川添の言葉にその取り巻き連中がげらげらと笑うが、藤谷は気怠《けだる》そうな顔を崩《くず》そうともしない。

「心配ない。年増のスポンサーもテメーには声かけねーよ」

そう言い捨てた藤谷の腕を川添が摑《つか》む。

険悪な雰囲気《ふんいき》になりかけたのを見て、俺は厄介《やっかい》だと思いながらも窘《たしな》めるように「川添」と名前を呼んだ。川添はちらりと俺を見てから舌打ちして藤谷の腕を放す。藤谷は馬鹿《ばか》にするように川添を見た後で、俺に向かって「じゃ、ちゃんと先生に伝えておけよ」と言って教室を出ていった。

隣の女子はその後ろ姿を見ながら「格好いい」とぼそりと呟く。

——お前、本当に顔しかみていないんだな。

川添は大人《おとな》しく自分の席についたが、その途中《とちゅう》で藤谷の机を蹴ることを忘れなかった。

チャイムがなって担任が現れると、女子が先を争うように藤谷が仕事に出掛けたことを報告する。

「前もって申請《しんせい》するか俺に直接言えって言ってるのに。まったく」

担任はぶつぶつ呟きながら出欠表にそれを書き込んだ。

俺は川添に蹴られたせいで斜《なな》めになった机を見て、確かに川添の言うとおりにすぐに消えそうだなと思った。川添も藤谷もこの程度で怒っていたら、この世界は続かない。

どんな理由であれ、先に体裁《ていさい》を崩した方が負けだ。


楽屋に持ってきた原作のマンガ本にも飽《あ》きて、もう一度腕時計《うでどけい》に目を落とす。さっき見たときから五分しか進んでいない。予定の時間を大幅《おおはば》に遅《おく》れているから、いい加減スタジオに進捗《しんちょく》状況《じょうきょう》を確認《かくにん》しに行こうかと思案する。

クランクインをむかえた映画撮影《さつえい》は、案の定というか早くも大きな問題を抱《かか》えていた。俺はその元凶《げんきょう》でもある現在の状況を憂《うれ》い、ひとつ息を吐《は》いた。

そこにノックの音が響《ひび》く。ようやくスタッフが呼びに来たのかと顔を上げると、返事も待たずにドアが開けられた。

「先輩《せんぱい》！　お邪魔《じゃま》していいですか？」

声の主はこの映画の共演者である鹿山篤郎《かやまあつろう》だった。

光樂に所属している鹿山と仕事が一緒《いっしょ》になるのは四年ぶりだ。プライベートではよく食事に行くし相談にも乗っているが、鹿山の仕事が忙《いそが》しいので最近はあまり会っていなかった。先月末に行われた顔合わせの時に久しぶりに会って、妙《みょう》にはしゃがれたのを覚えている。このところ鹿山は主演しているドラマが立て続けにヒットしていて、最近はどの局の番組でも見かける。高級車のＣＭまでやっていて、先週写真集も出したようだ。

「入っていいけど、先輩ってのは止《よ》せよ。充でいい」

今年二十三歳の鹿山に先輩と言われるとくすぐったい。

この間も思ったが、少し見ないうちに前よりも野性みが増した。元モデルだから体も顔も昔から人並み以上に優《すぐ》れていたが、歳《とし》を重ねる毎《ごと》に磨《みが》きがかかっている。

しかし中身は人懐《ひとなつ》っこくて意外と子どもっぽい。五歳年上だということを俺がつい忘れてしまうのは、「先輩」という呼び方だけじゃなく鹿山の中身の問題もあるのかもしれない。

「何言ってるんですか。先輩は先輩ですよ」

そう言って鹿山は向かいのソファに座る。

鹿山が俺を先輩と呼び慕《した》ってくれるのは、六年前共演した映画がきっかけだ。その時の鹿山はまだ役者として駆《か》け出しだったのにも拘《かか》わらず、主役に大抜擢《だいばってき》された。しかし当然のことながら、演技はぎこちなくて発声の仕方からなっていなかった。その頃《ころ》から人間関係に関しては人一倍無関心で面倒くさがりだった俺も、あまりのひどさに見ていられずに口をだしてしまった。

小学生からの忠告のようなアドバイスに鹿山も最初はむっとしていたものの、降板の話まで出始めると次第《しだい》に真剣《しんけん》に俺の話を聞くようになった。鹿山の演技は徐々《じょじょ》に良くなっていき、降板の話はなくなり、映画はまずまずの人気を博した。

もちろん、その成功が俺のお陰《かげ》だとは思わない。あの頃も今もそこまで思い上がってはいないが、鹿山はおそらくあの頃も今もそう思っているんだろう。

「先輩とまた共演できて嬉《うれ》しいです」

鹿山はそう言うと「俺刑事《けいじ》の役なんて初めてだから楽しみです」と意気込む。

先日渡《わた》された台本は途中のシーンまでだったので、まだ全体のストーリーは分かっていない。

顔合わせの後に脚本《ホン》読みがあったが、それも渡された台本分だけだ。結末は予想外だという話だから、ネタバレを危惧《きぐ》してのことだろう。犯人役を演じるのが俺であることを、共演者ですらまだ知らされていないらしい。

「先輩はまたなんか訳分からない役ですよね」

鹿山の言葉に「俺もそう思う」と返す。

映画の原作マンガはまだ連載《れんさい》中だ。今回ストーリーは映画のために原作者がアイディアを出し、それを監督《かんとく》が脚本《きゃくほん》にした。映画を公開する時にはメディアミックスの連動企画《きかく》として書き下ろしのマンガ本《ぼん》と小説が発売されるらしい。

それだけでもこの映画に対する力の入れようが分かる。けれどそこまで興行収入を見込まれているなら、なぜ一番大事な配役でコネを重視したのか問いたい。

「映画にしか出てこないオリジナルの役だからキャラがまだ摑めてないんだ。渡された台本も一章だけだしな」

鹿山が演じる刑事の役は既《すで》に原作にも登場している。若いキャリアの刑事で、いつも主人公の探偵《たんてい》役と対立しては負ける役だ。マンガの中では準レギュラーのような扱《あつか》いをされていた。

俺が演じるのは朝丘仁《あさおかじん》という名前の役だ。

年齢《ねんれい》は主人公と同い年。飄々《ひょうひょう》としたしゃべり方で大袈裟《おおげさ》なリアクションを取り、いつも笑ってばかりいる陽気な性格。それが渡された設定だった。

正直それだけじゃどんな風に演じていいのか分からない。

「でも、先輩は撮影入っちゃえばすぐに順応できるじゃないですか。服を着替《きが》えるみたいにキャラクターが変わるのって、横で見ていても凄《すご》いなって思いますよ」

「俺はお前の方が凄いと思うよ。立ってるだけで目立つのは才能だよな」

鹿山は俺のように素顔《すがお》を晒《さら》して外を歩くなんて出来ないだろう。

「先輩だって目立とうと思えば目立てるじゃないですか。それこそオーラだって自由自在でしょう?」

自分が注目されていることを知りながら、鹿山はなんてことなさそうにそう口にする。

「舞台《ぶたい》の上じゃ栄光に包まれた若き王様も、その栄光を懐《なつ》かしむ老いた乞食《こじき》も、傲慢《ごうまん》な華族《かぞく》の娘《むすめ》だってなんだって演じられるじゃないですか。そっちの方が凄いと思いますけどね」

「華族の娘なんて何年前の話だよ」

中学校に入り立ての頃に、若い華族の娘を演じたのは懐かしい思い出だ。その道で名を馳《は》せた役者に本気で女形《おやま》を勧《すす》められ、断るのに苦労したのを覚えている。女の役はあれきりやっていない。今じゃやろうとしても成長しすぎて無理がある。身長一八〇センチを超《こ》えた肩幅《かたはば》のある低い声の女なんて、よほどの喜劇でないと需要《じゅよう》があるとは思えない。

「もの凄いキレイでしたよ？　つきあいたいと思いましたから」

「共演者にも、客にも言われたよ」

苦い思い出だ。

「油地獄も良かったですけどね。俺はまたあのキレイな女の子が見たいです」

「油地獄も疲《つか》れる舞台だったな」

油地獄とは「女殺油地獄の艶《えん》」のことだ。金に困った男がいつも親切にしてくれた油屋の女《おか》将《み》に金をせびるが拒《こば》まれて逆上し、油にまみれながら女を刺《さ》し殺す劇だった。照明が赤や黄色に変わる中で刃物《はもの》をきらめかせて、ぬめぬめと光る油の上を芋虫《いもむし》のようにのたうつ女を俺が殺す見せ場は鮮烈《せんれつ》な印象を観客に与《あた》えたようだ。実際殺人犯を演じた俺は逃《に》げ回る女を殺すために油の中で何度も転《こ》け、相手の女優も逃げようとして何度も転んだ。油だけじゃなく、ボリュームを出すためにグリセリンも混ぜられていたから、滑《すべ》りは必要以上に良かった。

冷静に見れば、バラエティ番組でよく見る芸人の罰《ばつ》ゲームのような滑稽《こっけい》さがあったのだが、そのシーンを演じている時に観客の笑い声は一度も聞こえなかった。

「面白《おもしろ》かったし、勉強にはなったけどな。代表作みたいに言われるのはちょっとな」

油地獄よりもその前にやった片恋《かたこい》をテーマにした地味な恋愛《れんあい》劇のほうが、自分では上手《うま》く出来たと思っている。世間の評価はあまり高くなかったし、公演自体も予定通りの日数で終わってしまったが。

「なんか色っぽい舞台でしたけど、先輩の顔が怖《こわ》かったですよ。先輩の顔に血飛沫《しぶき》が飛んで、それを油の付いた手でべっとり撫《な》で取るところとか、夢に出そうでしたもん」

そのシーンはあの舞台の一番の見せ場だった。

「血のりが油に溶《と》けて、じわっと頬《ほお》に広がって行くのがもの凄く怖かったんですよね。なんか、今目の前にいる先輩と同一人物だって全然思えないですよ」

そういって鹿山は俺をじっと見る。

今は映画があるのできちんとしているが、仕事が入らなければろくに美容院にも行かずに髪《かみ》は伸《の》びるままに任せている。今回は役所《やくどころ》に合わせてすでにカットしてある。

この映画に入る前は肩《かた》の辺りまで伸びていたから、そろそろ切りたいと思っていたので良い機会だった。俺は鹿山や藤谷のように顔で売っているわけでもないので、自分の見てくれに大した関心もない。

「何だよ?」

あんまり鹿山がじっと見てくるから、何かあるのかと思ってそう聞くと鹿山は「いや…なんでもないです。やっぱり格好良いなって思って」と誤魔化《ごまか》すように笑う。

「嫌《いや》みかそれは」

もともと鹿山のように印象的な目元でもないし、藤谷のように華《はな》やかな顔立ちでもない。比《ひ》較《かく》的どこにでもいる顔だ。顔にあまり個性がないから、どんな役にも溶け込んでいけるのだろう。

「いや、本当ですって！　俺は六年前からずっと先輩《せんぱい》のこと格好良いって思ってますから」

「小学生のガキに注意されてふて腐《くさ》れてたくせに何言ってんだよ。この後飲みに行きたいならそう言え」

いきなり俺を褒《ほ》めだした理由に思い当たってそう尋《たず》ねると、鹿山は何か言いかけた後に複雑な顔で頷《うなず》く。

「行きたいです」

鹿山のその煮《に》え切らない表情の理由を尋ねようとしたところで、再びドアがノックされる。

「どうぞ」

若いスタッフがドアを開けて俺と鹿山の顔を見ると、ぱっと頭を下げた。

「すみません、もう少し待ってて貰《もら》えますか？」

「もう少しってどれぐらい？」

ずいぶん待っているので、鹿山は不機嫌《ふきげん》さを隠《かく》そうともしなかった。

スタッフは鹿山の質問に何と言っていいのか分からないような顔をして「すみません、前の撮影《さつえい》が押していて、ご迷惑《めいわく》おかけします」と再び頭を下げる。

既に他《ほか》の役者のところで文句でも言われたのか、スタッフの目には今にも零《こぼ》れそうな涙《なみだ》が浮《う》かんでいた。これ以上鹿山に追及《ついきゅう》されでもしたら泣き出しかねない。

「分かりました。もう少し待ちます」

スタッフはほっとしたように「すみません、失礼しました」と再度頭を下げて部屋のドアを閉めた。

「押してるのってあいつのところですよ。あんなのが主役なんて最悪…」

ぼそりと鹿山がそう口にする。

あいつ、というのはもちろん藤谷の事だ。藤谷が主役になった経緯《けいい》からして、反感を抱《いだ》いている者は多い。表向きはオーディションで選んだことになってるが、それはあくまでも表向きだ。この間の顔合わせにも遅刻《ちこく》した挙げ句、その後の脚本《ホン》読みが完全な棒読みだったことも藤谷が嫌《きら》われる一因ではある。

ぶつぶつと怒《おこ》る鹿山を「矢代監督は容赦《ようしゃ》ないからな」と取りなしながら、セットされている頭をペン先で掻《か》く。セットと言ってもあまり弄《いじ》らず、真ん中分けにされているぐらいだ。髪を染めるのが面倒《めんどう》くさかったから、黒髪のままで良いと言われた時は助かった。他には田舎臭《いなかくさ》いフレームの眼鏡《めがね》もアイテムとしてかけている。度は入っていないのだが、普段《ふだん》かけなれていないのとフレームが厚いせいで、鼻骨《びこつ》がなんとなく嫌《いや》な感じだ。

だけど、掛《か》け慣れない眼鏡がおかしなこと以外は特に問題はない。

鹿山は「嫌がらせも入ってんじゃないですかね」と言って煙草《たばこ》を出すが、俺の前だと気付いて再びそれを仕舞《しま》った。あまり煙草が好きじゃないのは、臭《にお》いが体に付くからだ。鹿山はそれを知っているので、普段から俺の前では吸わない。

「俺聞いたんですけど、今回の主役は先輩で撮《と》りたかったんですって。だけど、うちの事務所がごり押ししたんですよ。藤谷を主役にって」

　鹿山はそう言って口を尖《とが》らせる。

「まるで俺の時みたいに」

　自嘲《じちよう》気味な鹿山の声に俺は「噂《うわさ》だろ」と言った。光樂《こうがく》は業界では力のある芸能事務所の一つだ。俺が所属する劇団「有楽町本気塾《じゆく》」は光樂とは張り合うこともできないくらい小さい。それでもアットホームな良い劇団だ。

「そうですけど、きっと本当ですよ。明らかに先輩のが実力もあるし、矢代監督《かんとく》なら先輩で撮りたいって思うはずですよ」

　鹿山がさらに何か言おうとするのを制するために、俺は表紙に『狂王の夏』と書かれてある手元の台本を捲《めく》ってセリフを目で追う。そんな俺を見て鹿山は黙《だま》り込んだ。

「……すみません」

　しばらくしてぽつりと鹿山が謝る。

「先輩がそういう、陰口《かげぐち》とか嫌いだって知ってるのに」

　鹿山にそう言われて「別にそういうわけじゃない」と応《こた》えた。良い子ぶるつもりじゃない。言った言わないでもめるのが嫌なだけだ。この世界は意外と狭《せま》いからすぐに広まる。火のないところでも煙《けむり》を立てられる。それに悪口はいつか自分に返ってくるということを、長い芸能生活で学んでいる。俺はよくお人好《ひとよ》しだとか優等生だとか、そんな風に周りに思われているが、本当はそんなに良い人間じゃない。ただそういうふりをしているだけだ。

それこそ、カメレオンのように学校でも業界でも擬態《ぎたい》している。

反省して鹿山が大人《おとな》しくなっていると、先ほどのスタッフが俺を呼びに来た。鹿山と一緒《いっしょ》に楽屋を出たが、鹿山の出番はまだなので途中《とちゅう》で別れて俺だけスタジオに向かう。

今日はこの映画で俺が初登場するシーンを撮影する。灰色の壁《かべ》の狭い部屋で、スーツ姿のやる気のない刑事《けいじ》に高圧的な言葉を投げかけられ尋問《じんもん》される場面だ。撮影の都合で他のシーンを既《すで》に撮っているので、撮影自体は初めてじゃない。

「よろしくお願いします」

誰《だれ》にともなく声を掛けて、様々なケーブルが床《ゆか》を這《は》うスタジオに入る。監督は俺を見つけると簡単に動きを説明した後に、「胡散臭《うさんくさ》い明るい男って感じで」と簡潔すぎる指示をくれた。

「はい」

頭の中で作り上げたキャラクターと、頭の中に詰《つ》め込んであるセリフを思い出す。

セットはよくみかけるスチールの机とパイプ椅子《いす》だけだ。

相手役にも「よろしくお願いします」と声を掛けてからパイプ椅子に座る。

監督の位置を確認《かくにん》するために顔を上げると、藤谷がスタジオの隅《すみ》に立っているのが見えた。一人で台本を手にぶつぶつと口元を動かしている。学校では見たことのない真剣《しんけん》な表情を意外に思った。

「一度リハいれます」

助監督がそう宣言した後に監督を振《ふ》り返り、よく通る大きな声で「はい、スタート」と言った。

演技が始まるその合図で、俺は井川充から朝丘仁に変わる。鹿山は服を着替《きが》えるようにと言ったが、それほど簡単なわけじゃない。何日も前から練習して朝丘仁のイメージを固める。彼ならこういう風に動くとか、彼ならこういう食べ物が好きだろうとか、暇《ひま》さえあれば空想する。そうやって着慣らしていかないと、キャラクターが馴染《なじ》まない。着替えるには着替えるための準備が必要なのだ。

俺は大袈裟《おおげさ》なリアクションと、優柔不断《ゆうじゅうふだん》そうな表情の朝丘仁になりきって演技を終わらせた。「カット」と言われた瞬間《しゅんかん》、俺はまた井川充に戻《もど》った。まだうまく朝丘仁の役を摑《つか》めたとは言い難《がた》かったが、監督からはもう少し「馬鹿《ばか》っぽく」と言われたぐらいだった。

本番もリハと同じような調子で一発OKを貰う。別のカットもとんとん拍子《びょうし》に進んだ。

今日の出番が終わって「お疲《つか》れさまでした」と頭を下げると、スタッフの一人が近づいて来て「監督が話あるみたいなんで、少しここで待っていて貰えますか？」と言う。

一体なんだろうと思いながらも了承《りょうしょう》して、邪魔《じゃま》にならないところに立つ。

監督に藤谷が呼ばれ、俺がいたのと同じセットの中に入る。藤谷が相手役なしで一人でリハをするのをぼんやりと見ていると、すぐに藤谷の一挙一動に監督の指示が飛んだ。

「このシーンはそうじゃない。凪《なぎ》は苛立《いらだ》ってるんだよ。何度も同じ質問を刑事にされて、犯人のように扱《あつか》われている。早く家に帰りたいと思ってる凪をもっと体で表現して」

凪というのは藤谷が演じる役の名前だ。凪航《なぎわたる》は高校生ながら推理力を買われて、たびたび警察から非公式に協力を要請《ようせい》される。

それを迷惑だと思いながらも、毎回大好きなアニメのグッズを出汁《だし》にされて捜査《そうさ》に協力するはめになる。それが原作であるマンガの一話目からの設定だった。今回の映画では凪が警察に協力を要請されるきっかけとなった事件がテーマだ。

常にやる気のない藤谷とは対極にいるような役柄《やくがら》だ。

「セリフを言わない時や台本に自分の動作が書いてない時でも、フレームの中に入ってるってこと分かってる？」

再び監督が藤谷に向かって苦言のような質問を投げかける。

このシーンはクールな凪が時計を睨《にら》み付けながら、家に帰ってアニメが見たくて苛々している演技をしなければならない。特に難しい場面じゃないし、藤谷もなぜこの簡単なシーンで監督のOKが出ないのか納得《なっとく》できないだろう。表情には隠しきれない不満が現れている。

「それはさっきと同じ演技だよね。俺が言ったこともう一度考えてくれるかな」

監督の呆《あき》れたような声に、側《そば》で見ていたベテラン女優の飯田《いいだ》さんが刑事役の同じくベテラン俳優の榊《さかき》さんに話しかける。

「今回は矢代監督も煮え湯を飲まされたって感じね」

「流行《はやり》の歌手だろ？　そんな奴《やつ》にセリフなんて覚えられるのかね」

「歌みたいに全部アフレコにしちゃえばいいのよ。口パクなら上手《うま》いんじゃない？　いつもやってるんだから」

くすくすと笑った飯田さんは背後にいた俺に気付くと、びくりとしたように肩《かた》を揺《ゆ》らした。

「あら、いたの？　あんたってどうして演技してないときはそんなに存在感ないのよ」

「お久しぶりです」

会釈《えしゃく》すると「やる気無ぃ声ねぇ。舞台《ぶたい》の時の気迫《きはく》はどうしたのよ」と叱《しか》られる。

「省エネです」

しれっと返すと、飯田さんは鼻白んだが榊さんは「ははは」と笑ってくれた。

リハがうまく行ったのか、スタッフが飯田さんと榊さんを呼んだ。飯田さんはまだぶつぶつと文句を言いながらセットの中に入っていく。

しばらく見ていたが、藤谷は相変わらずリテイクを出されていた。

五回目のリテイクで、とうとう飯田さんが怒り出す。

「もう嫌！　次の仕事が入ってるんだから！　いい加減にしてよ」

飯田さんのその言葉は藤谷はもちろん、リテイクの指示を何度も出す矢代監督にも向けられている。髪《かみ》を振り乱《みだ》した飯田さんに矢代監督は「分かりました。あと一回やってダメだったら次に回しましょう」と言った。

それを聞いて飯田さんはうんざりした顔をしたが、それでももう文句は言わない。

喋《しゃべ》りすぎて掠《かす》れた助監督の声を合図に、もう一度撮影《さつえい》が始まる。

シーン45。取調室でパイプ椅子に座らされる凪に、仁の時と同じように犯人と疑ってかかる刑事。状況証拠《じょうきょうしょうこ》を並べる刑事を凪が論破していく。

その後で取調室に乱入してきた被害者《ひがいしゃ》の母親が凪を目にし、犯人だと思いこんで激しく詰《なじ》る。暴れる母親を女性の警官や若い警官が押さえて連れて行く。凪はそれをただ見ている。

このシーンはそれで終わりだが、カットが長いのでリテイクが出ると最初からやり直しになる。

今、セットの中では丁度母親役の飯田さんが凪に摑みかかり、凪から引き離《はな》される場面だった。

コンテの中では凪の顔のアップが描《えが》かれている。実際にカメラも凪の表情を撮《と》るために、藤谷に近づいた。モニタの中には、ぎこちない表情で固まる凪の顔が映されている。

そこで監督がまたカメラを止めさせる。

「次に回しましょう」

その宣告に飯田さんは「こんなシーンで二十二回もやり直しさせるなんて」と、憤懣《ふんまん》やる方ない様子で足音も荒《あら》くスタジオを去っていく。休憩《きゅうけい》前から計二十二回もやっていたのなら、彼女が怒《おこ》るのも頷《うなず》ける。

スタッフはばたばたと次のシーンの用意をはじめた。

騒《さわ》がしいスタジオ内で一人ぼんやり立っていた俺を監督が手招きする。

近づくと監督が今撮ったばかりの映像をモニタに出しながら、「どう思う?」と俺を振り返った。

「どうすれば上手くなってくれるかな?」

もしかしてそれを俺に聞くためにわざわざ残したのだろうか。

藤谷のセリフは確かに多かったが、それでもちゃんと全《すべ》て覚えてきているようだった。問題はセリフを読み上げてることだ。あいつは演技をしていない。

「経験を積むしか無いと思います」

モニタの中の藤谷は体で表現していない。ただ、台本に書いてある通りの事を行っている。だからから仕草やセリフがかみ合わなくて、上滑《うわすべ》りしていくような印象を見ていて感じる。だが、そんなことは俺に言われなくても、監督《かんとく》自身が一番分かっているだろう。

いや監督だけじゃない。脚本《ホン》読みの時からこうなることはみんな分かっていたはずだ。

「藤谷君を育ててる時間はないよ。充、悪いけど軽く指導してやってくれない？」

監督のその言葉に思わず「は？」と驚《おどろ》く。

「俺と充の仲じゃない。頼《たの》むよ」

「……調子が良い」

確かに矢代監督と仕事をするのは初めてじゃない。俺が銀鷲《ぎんわし》賞を獲った映画では矢代監督は助監督として参加していた。生意気で周りもろくに見えていないガキだった俺の面倒《めんどう》を見てくれたのは矢代監督だ。監督とケンカしてプロデューサーにも酷《ひど》い態度を取った俺を、どうにか宥《なだ》め賺《すか》して矢代助監督が撮影を続行するように仕向けなかったら、今頃《いまごろ》俺は役者を続けていたかどうかも分からない。

だが今までまったく音沙汰《おとさた》も無かったくせに、いきなりそんな事を言うのは狡《ずる》い。

「今度餃子《ギョーザ》奢《おご》るから」

「…対価が安い」

なんで俺がわざわざ藤谷の面倒を見なきゃならないんだ。しかもなんで餃子なんだ。

「様子だけでも見てあげてくれよ。ね？」

垂れ目をさらに下げて、頼み込んでくる矢代監督を断り切れずに「わかりました」と頷くと、矢代監督は「助かるよ」と心底ほっとしたように口にする。

「でも、なんで俺なんですか？」

他《ほか》の共演者だっていいはずだ。鹿山は性格上問題があるだろうが、同じ事務所で同じ世代の共演者だって他に何人かいる。

「だってお前あげちんだろ」

「……何ですか、それ」

「岬《みさき》サクラも、鹿山も、今売れてる本気塾の新人も、お前が演技教えた子は必ず上達してるじゃないか。あげまんならぬ、あげちんでしょ」

岬サクラとは今回の映画のヒロインである柏木奈々《かしわぎなな》を演じる女優の名前だ。大手事務所に所属していて舞台で何度か共演している。去年ハリウッドデビューして、オスカーを何度も貰《もら》ってる人気俳優の相手役を務めた。元恋人《こいびと》としては喜ばしいような複雑な気持ちだ。光楽《こうがく》ではないが、妬《ねた》ましいよ

「矢代監督、あげまんのまんはそのまんじゃないと思います」

「じゃあ何だよ」

「何って言われても」

もしかして本当にそのまんなのか…？　だとしたらその言葉はもう使えないな。

俺が首を傾《かし》げていると、美術スタッフの一人が「監督、若い子に変なこと吹《ふ》き込むの止《や》めてください。それより…」と矢代監督に話しかける。二人が次のシーンで使う小道具の話をはじめたので、俺はそっとその場を離れてスタジオを出る。

自分の楽屋に戻《もど》って、荷物を持ってから迷った末に藤谷の楽屋を訪ねた。

ノックしてからしばらくして「はい」と返事がして、開けると藤谷は帰り支度《じたく》をしていた。開いたままの台本がテーブルに載《の》っている。ちらりと目に入った台本には隙間《すきま》がないほどびっしりと書き込みがしてあり、端《はし》の方もぼろぼろになっていた。一応それなりに読んではいるようだ。

「二十二回もリテイクだって？　大変だったな」

いきなり今日のダメ出しをするわけにも行かずにそう声をかける。一度も自分からこいつに話しかけたことがないから、いざ話しかけようとすると何から話していいのか分からない。

「……」

「矢代監督は藤谷にだけじゃなくて、誰《だれ》に対しても厳しいから」

慰《なぐさ》めのような言葉に藤谷はだからなんだという表情を浮《う》かべて、馬鹿《ばか》にするように俺を見る。

「……」

藤谷が黙《だま》ったままだから会話も続かずに、俺は適当な言葉を探したが見つからない。自分をあからさまに嫌《きら》っている相手にかけたい言葉なんて、ろくに浮かばなかった。

俺は早々に監督の頼みを引き受けたことを後悔《こうかい》する。

黙っていると「何か用かよ？　俺帰りたいんだけど」と抑揚《よくよう》のない声で言われた。

「引き留めて悪い。ただ声をかけに来ただけだ」

俺の言葉に「はっ」と藤谷が馬鹿にするように笑う。

「先輩面《せんぱいづら》するなよ。学校だけでもうんざりしてるのに、仕事場までそういう態度とられるの嫌《いや》なんだよ」

藤谷はがさがさ音を立てて帰り支度を続ける。俺を邪魔《じゃま》者だと言わんばかりの雰囲気《ふんいき》に「邪魔して悪かったな」と言ってドアを閉めた。

楽屋を出ると、丁度向かいから歩いてきた鹿山に「先輩、藤谷なんかに構ってやることないですよ」と言われる。鹿山も監督に何か言われて藤谷の様子を見に来たのかもしれない。

「お前も昔はひどかっただろ」

そう返すと鹿山は「ここまでじゃないですよ。こんな奴《やつ》に関《かか》わったら不愉快《ふゆかい》になるだけですよ」と嫌そうに名前の貼《は》られたドアを見た。

さっきの藤谷の態度は確かに酷いが、鹿山ほどの怒りは湧《わ》かない。俺は本気であいつをどうにかしてやろうと思ったわけではなく、ただ矢代監督に頼まれたから来ただけだ。

これで義理は果たしたのだから、後はどうでもいい。確かに演技は酷く、それは共演者としては確かに迷惑《めいわく》だが、光樂ならば良い指導者を藤谷につけるぐらいの金はあるだろう。演技指導はそいつがすればいい。

「あんまりそういうこと言うな。本人は頑張《がんば》ってるんだから。脚本読みの時からしたら随分《ずいぶん》うまくなってる」

脚本読みの時が酷すぎたというのもあるけれど、それでもましにはなった。

「でも明らかに主役張れるレベルじゃないですよ」

不服そうな鹿山を宥めるように軽く背中を叩《たた》いて「撮影《さつえい》これからなんだろ？」と話題を変えた。意外にドアが薄《うす》いから、俺達の会話が藤谷に聞こえてなければいいと思った。面倒なことになるのはごめんだ。


明け方まで続いた撮影が終わり、一度家に帰ってから仮眠《かみん》のつもりでベッドに入ったらそのまま眠《ねむ》ってしまった。クランクインから一ヶ月が経《た》ち、これから撮影が忙《いそが》しくなるので今のうちに出席しておきたかったのに、気付いたらもう三限目が終わる時間だ。十月の日差しはまだ強く、睡眠《すいみん》不足の体にはその日差しがきつい。相変わらず門の近くで張っている連中の前を素《す》通《どお》りして、校内に入ったところで携帯《けいたい》が鳴り出す。

校内では厳格に携帯での通話が制限されている。メールは許されているが通話は休み時間以外厳禁で、見つかれば放課後まで没収《ぼっしゅう》される。といってもほとんどの連中は教師の目を盗《ぬす》んで通話している。

さすがに職員室から見晴らしのいいグランドで通話をすることもできずに、校舎に入ってから下駄箱《げたばこ》の陰《かげ》に隠《かく》れて通話ボタンを押した。液晶《えきしょう》に表示されていたのは「鹿山」の文字だった。

「はい」

『あ、先輩？　もしかして寝《ね》てました？』

「起きてたよ。学校だからあんまり話せない。用件は？」

『すいません。またあいつのことなんですけど…』

鹿山は苛立《いらだ》ちを込めてそう言った。こんな風に言うってことは藤谷のことなんだろう。

『撮影時間になっても来ないんです。携帯も通じなくて、うちの事務所の子が同じクラスにいるっていうから連絡《れんらく》してみたんですが通じなくて。もしあいつが学校にいたらマネージャーに連絡取るように言って貰えませんか？』

携帯が通じないのは当たり前だ。授業中ならよほどのことがない限り、携帯は使えない。

「わかった」

『すいません、もし無事に見つかったらまた連絡します』

鹿山はそう言って通話を切る。

俺は自分の下駄箱の近くにある藤谷の下駄箱を確認《かくにん》した。扉《とびら》の中央が硝子《ガラス》なので中に靴《くつ》があるのかどうか見ることが出来る。藤谷の靴はまだ中に入っていた。

俺は映画の撮影と学校だけだが、藤谷は本業である音楽活動や雑誌やPV《プロモーションビデオ》の撮影も入っている。ただでさえあまり学校に来られなかったのに、映画の撮影まで入ってほとんど寝る暇《ひま》もないだろう。もしかしたら教室で寝ているのかもしれない。

「そんなになってまで学校に来る意味あるのか？」

でもそういえば、俺も子役時代はそうだった。たまに学校に行けるのが嬉《うれ》しかった。俺にとって一番は役者業だったが、その次に学校が好きだった。現場じゃいつも大人《おとな》に囲まれていたから、同世代の奴等《やつら》がたくさんいるのが嬉しかったのだろう。

だけど藤谷はそんなタイプにも見えない。

階段を上がり、廊下《ろうか》で時計を見る。あと数分で授業が終わるチャイムが鳴るので大人しく教室の外で待ち、チャイムが鳴ってから教室に入った。藤谷の席を見たが、そこに藤谷の姿は無い。

トイレにでも行っているのかと思いながら自分の席に向かうと、後ろから学ランの裾《すそ》を引かれた。

「井川君！」

振《ふ》り返ると、数人の女子が困ったような顔で俺を見上げている。

「二限目の体育から藤谷君いなくなっちゃったの。川添君たちが藤谷君に何かしたらしいんだけど……」

女子の一人がちらりと、教室の隅《すみ》で雑誌を見ながら笑っている川添たちを見る。

「私達じゃどうにもできなくて…。あいつらが言うこと聞くのって井川君だけだし」

「お願い、どうにかして！」

藤谷のファンの女子にそう言われ、また面倒《めんどう》なことになったと思いながらそちらに行く。藤谷には学校でも仕事場でもうんざりしていると言われたが、うんざりしているのはむしろ俺の方だ。それでも知ってしまった以上無視はできない。

「楽しそうだな」

近づいて話しかけると、川添が俺に雑誌を手渡《てわた》す。

「あ、充！ 見てくれよこれ！ 女性誌なんだけど、〝上質のフェロモン〟って煽《あお》りで藤谷が載ってんだぜ？ こいつ半裸《はんら》で格好つけてるんだけど」

川添の言葉にげらげらと他《ほか》の連中が腹を抱《かか》えて笑う。渡された雑誌の頁《ページ》には確かに上半身を晒《さら》した藤谷が、白い肌《はだ》の外国人女性を腕《うで》に抱《だ》いている様子が写真で掲載《けいさい》されていた。記事は女性と男性のセックスアピールがどうの、という内容だった。

「どうしたんだよ充」

少しも笑わずに表情が硬《かた》いままの俺を見て、川添の友人の一人が訝《いぶか》しむように俺の顔を窺《うかが》う。

「藤谷は？」

「あー…あいつなら、体育倉庫」

ばつがわるそうに川添が答える。それを聞いて思わず「どういうことだ？」と問い直す。

「だって、あいつ調子に乗ってるからさぁ」

こんなのはほんのお遊びだというように、わざと明るい調子で川添が口にする。

「放課後になればバレー部とかが開けるだろ。まぁ人前に出たくなくて隠れてるかもしれないけどさ」

くすくすと川添の取り巻きが笑う。

「鍵《かぎ》かせ」

俺が表情を崩《くず》さずにそう言うと、川添は不服そうな顔をしながらもポケットから体育倉庫の鍵を取り出す。その様子を見ていた他の奴が「なんだよ、そんなに真剣《しんけん》になるようなことかよ」と拗《す》ねたような表情でぼやく。

「そうだ」

強い口調で言い切って、鍵を受け取って体育倉庫に行く。再びチャイムの音がして休み時間が終わったのが分かった。授業に出るために眠いのを我慢《がまん》して学校に来たっていうのに、これじゃ何のために来たのか分からない。

非常階段から外に出て、プールの脇《わき》を通って体育館に向かった。鍵がかかっていない体育館のドアを開けて中に入り、バスケットやバレーのコートラインが描《えが》かれた床《ゆか》の上を通って奥にある体育倉庫に行く。分厚い鉄製のドアがスライド式になっている。川添から渡された鍵で施《せ》錠《じょう》を解いてドアを開けると、三つ折りになったマットの上に座ったまま、壊《こわ》れた携帯を手の中で弄《もてあそ》んでいる藤谷と目があった。

藤谷はびしょぬれの体操着を着ていた。髪《かみ》も濡《ぬ》れている。川添達に水でも掛けられたんだろう。人前に出たくないと言っていたのはきっとこのことだ。相変わらずやることが子供じみている。

「大丈夫《だいじょうぶ》か？」

俺がそう尋《たず》ねると、藤谷は不愉快《ふゆかい》そうに「何しに来たんだよ」と言った。

藤谷の携帯電話は真ん中から綺麗《きれい》に折れていて、壊れた部分から茶色のセロファンのようなものが覗《のぞ》いていた。これでは電話が通じないのも仕方ない。

俺は学校指定のシャツを脱《ぬ》いで藤谷に渡す。下にはまだTシャツを一枚着ていたから、少し肌寒《はだざむ》いがなんとかなる。

「濡れた服脱げよ。風邪《かぜ》引くだろ」

藤谷は俺が差し出したシャツを受け取らずに、睨《にら》み付けるように俺を見上げる。

「うざったいと思っていいから着ておけ」

「ふざけんな」

藤谷が低い声でそう言う。こんなところまで来てやってるのにそんなことを言われる理由が分からずに、ただ見下ろしていると藤谷がもう一度強い口調で「ふざけんなよっ」と吐《は》き捨てた。

藤谷はいつもの眠そうな目を珍《めずら》しくつり上げている。

「あいつらには俺が言っておく」

その方が丸く収まるだろう。今回はやりすぎだ。ここら辺で注意しておかないと、もっと面倒な事態になる。

「……何考えてんだよ、俺に同情してるのか⁉」

「そんなんじゃない」

「じゃあなんだよ。俺、あんたから主役奪《うば》ったのに。あんた昔から俺のことなんて嫌《きら》いなくせに、こんな時に構うなよ！ 腹の中では他の連中みたいに俺のこと馬鹿《ばか》にしてるくせに、なんで慰《なぐさ》めようとしたり、フォローしたりするんだよ！ 意味わかんねーよ！」

いつもは血の気の薄《うす》い藤谷の顔が興奮して赤くなっている。

「本当は他人のことなんてどうでもいいくせに！ 俺が何しても、どんなこと言っても怒《おこ》りもしないのは、俺のことがどうでもいいからじゃないかっ」

まるで癇癪《かんしゃく》を起こした子どものようにそう言ってから「嫌《いや》なんだよ、あんたの側《そば》にいるの」と藤谷が絞《しぼ》り出すように口にする。

「あんたといると昔あった嫌なことを思い出す。自分が無力だって思い知らされる」

藤谷の手から壊れた携帯《けいたい》が床に落ちた。

「昔…？」

訝しく思ってそう聞き返すと、藤谷は口の片端《かたはし》だけを上げて皮肉げに笑う。

「どうせあんたは俺のことなんて覚えてないだろうな」

藤谷は疲《つか》れたようにため息を吐《つ》いて「もうやめる」と口にした。

「学校も映画も、もうどうでもいい。もともと映画の主役なんて…俺はできない。やりたくない。事務所が勝手に持ってきた仕事だ」

その言葉に今まで我慢していたものが爆発《ばくはつ》した。好き勝手な事を言って、最後は泣き言で逃《に》げようとする目の前の男に怒りがこみ上げた。この男の役を一体どれだけの人間が欲しがったと思っているんだろう。

ばさっと手に持っていたシャツを投げつけると、視界を一瞬遮《いっしゅんさえぎ》られた藤谷が怒ったようにシャツを払《はら》いのけて「何するんだよっ」と言った。

その肩《かた》を摑《つか》んで、だんっと壁《かべ》に押しつける。痛みで一瞬呻《うめ》いた藤谷は、それでも負けずにぎらぎらする目で俺を睨み付ける。

「簡単に捨てられるなら、どうして引き受けたんだ？」

「し、知らねーよ。事務所が勝手に」

知らず知らずのうちに藤谷の肩を摑む指先に力が入る。

「ならさっさと辞《や》めろよ。代わりの奴《やつ》はすぐに見つかる」

「……」

我慢するのも面倒になった。こんな奴に構ってやることないと思った。体育倉庫の鍵は開けたんだし、後は自分でどうにかするだろうと藤谷から離《はな》れようとしたときに、「だって」と弱々しい声が薄い唇《くちびる》から漏《も》れる。

「俺また明日やり直し喰《く》らうだけだ。散々怒鳴《どな》られて、うんざりされて、俺だってうまくやりたいけど、できねーよ！　何度も同じセリフ言わされて、何度説明されたって、どうしたら望

むとおりやれんのかなんて、わかんねーんだよ!!」

悩《なや》んで困って嫌になって、そんな風になったことは誰《だれ》だって経験があるはずだ。うまくやりたいのにうまくできなくて、期待に応《こた》えられない自分が嫌になる。いつか外されるぐらいなら、自分から辞めたくなる。

そんな気持ちは俺にだって覚えはあった。

でも、だからといって放《ほう》り出した事は一度もない。

「それは逃げたい奴の言い訳だろ」

「じゃあどうすれば良いんだよ！　迷惑《めいわく》掛《か》けてるのなんて俺が一番分かってんだよ！」

苦しげに言った藤谷の言葉に、俺はびっしりと書き込みがされた藤谷の台本を思い出した。台本の端はもうぼろぼろで、捲《めく》り癖《ぐせ》もついていた。スタジオの端で台本を真剣な目で追っていた姿も思い出す。

仕事はおそらく山積みで、忙《いそが》しい合間を縫《ぬ》って学校や練習に通ってるんだろう。

「台本だって百回以上は読んでる。演技のレッスンもちゃんと受けてる。だけど、全然出来ない」

藤谷は俯《うつむ》いてぽつりと「俺なんか辞めた方がいいって、あんただって思ってるじゃないか」と口にする。

俺は藤谷の肩を掴んでいた手を放して、制服のポケットから携帯を取り出す。藤谷のマネージャーの番号が分からないので、鹿山に電話を掛《か》ける。

三コール鳴らずに出た鹿山は、俺に迷惑をかけたことを同じ事務所の先輩《せんぱい》として謝罪する。見つかったと告げたが、今日は野外ロケで限られた時間内での撮影《さつえい》だったから今から来てももう遅《おそ》いと口にした。

俺は前に見たロケ香盤《こうばん》表を思い出して、鹿山が焦《あせ》って俺にまで電話を掛けてきた理由が分かった。今日のロケは撮影許可の下りにくい最近出来たばかりの、有名な美術館の中庭でやるはずだったのだ。

「そこに藤谷のマネージャーいるのか？」

『はい、替《か》わりますか？』

「頼《たの》む」

数秒で電話の相手が藤谷のマネージャーに替わった。鹿山と同じように俺に謝罪するマネージャーに事情を説明する。

学校で閉じこめられていたと聞いて息を飲んだ後に、マネージャーは慌《あわ》てて俺に再び謝る。

『すぐに迎《むか》えに行きます。本当にご迷惑をおかけしました』

「この後仕事入ってますか？」

『え？　いえ、今日は撮影のために空けていましたから……』

「じゃあ藤谷は俺が送っていきます」

そういってまだ戸惑《とまど》っているマネージャーを無視して通話を切った。

振《ふ》り返ると藤谷はマネージャー以上に戸惑った顔で俺を見る。

「早く着替《きが》えて行くぞ。明日の撮影までにこの間のシーン練習するんだから」

藤谷は「何考えてんだよ」と口にする。

「主役をお前が奪ったなんて思ってない。主役になれなかったのは俺の力量不足だ」

もう一度藤谷にシャツを渡《わた》す。藤谷は今度はちゃんと受け取った。

「それに台本があんなにぼろぼろになるまで練習してる奴を馬鹿にするつもりはない。努力してる奴を笑うほど落ちぶれてない」

そう言うと、藤谷は俯いて小さな声で「ごめん」と呟《つぶや》いた。


タクシーで乗り付けた藤谷のマンションは見るからに家賃が高そうだった。

エントランスはホテルのロビーのように広々としていて、両サイドには観葉植物がシンメトリーに配置されている。黒光りする廊下《ろうか》を通り管理人がいるフロントの前を過ぎ、奥のエレベータに乗り込む。

「本当に来るのかよ」

エレベータのボタンを確認《かくにん》する前にそう尋《たず》ねられ、俺は「当たり前だろ」と答える。

ここまで連れてきておいて往生際《おうじょうぎわ》が悪い。

「俺は別に、あんたに教えてくれなんて頼んでない」

ボタンを押しながらも、藤谷は戸惑ったようにそう呟く。エレベータを降りて部屋のドアを開けても藤谷は何も言わなかったが、俺の行動を不可解に思っているのはその表情からも読みとれる。

俺だってまさか本当に演技指導するはめになるなんて思わなかった。

矢代監督《かんとく》に頼まれた時は引き受けるつもりなんかなかったのに、気付けばこうしてこいつの部屋に上がり込んでる。こいつが言った通り、こいつに頼まれたわけでもないのに。

「着替えてくる」

素っ気なく言うと藤谷は玄関《げんかん》付近の階段を上がって二階にむかった。

俺は広い部屋に感心しながらも、リビングに向かう。天井《てんじょう》は吹《ふ》き抜《ぬ》けだった。

部屋には大型のテレビとオーディオ類が幅《はば》をきかせている。部屋の中央にはローテーブルと黒いソファが一つ置かれていた。ギターがソファの近くに転がり、黒いタイル張りの床《ゆか》には楽《がく》譜《ふ》が散乱している。楽譜と言ってもギターのコードが手書きで書かれているので、俺には見てもよく分からない。

階段を下りてくる音に振り返ると、藤谷は黒いシャツとジーンズに着替えて台本を手にしていた。自分の家だというのに、俺を見ると藤谷は所在なさそうに視線を逸《そ》らす。

「じゃぁ、この間のシーンからな」

俺がそう言うと藤谷は顔を歪《ゆが》めて「なぁ、なんであんたこんなことすんの？」と聞いてきた。

「何が？」

自分でもお節介《せっかい》な事をしているとは分かっている。だけど、あんな風に必死な顔を見せられたら、思わず手を貸してやりたくなってしまったんだ。藤谷は決して関《かか》わりたくないタイプなのに、俺も相当の物好きだ。

「……あんた、俺のこと嫌《きら》いだろ？」

嘘《うそ》を許さないようにまっすぐ俺を見て藤谷は口にする。

「俺が嫌いなのは、自分の仕事に対して精一杯《せいいっぱい》努力をしない人間だ。お前はどっちだ？」

俺の問い返しに藤谷は手に持っていた台本をぎゅっと丸めた。

「俺だって努力してる」

「…なら、俺はお前が嫌いじゃない。それに、俺を嫌ってるのはお前の方だろ」

今までの態度を考えると、好かれているとはとても思えない。

「俺は、別に…」

何かを言いかけて、迷うように視線を揺《ゆ》らした藤谷は結局俯いて黙《だま》り込む。

「お前が俺の事を嫌いでも、それはそれで構わない。でもお前が本当に上手《うま》くなりたいっていうなら、そろそろ練習を始めよう」

藤谷はまだ納得《なっとく》いかないような顔をしていたが、台本を俺に手渡《てわた》して自分のセリフを口にした。

その後を俺が続ける。このシーンはこの間一度見た。だから台本を見なくても出来る。

動作は入れずにセリフだけの練習をした。

シーンが終わった後に、俺はまず何から直そうかと思いながら、台本の該当頁《がいとうページ》を捲る。

「一番最初のこのセリフ、凪がどんな気持ちで言ったか分かるか？」

冒頭《ぼうとう》のセリフを指さすと、藤谷は「苛々《いらいら》してる」と答えた。

「どうして？」

「家に帰りたいのに同じ質問を繰《く》り返されてるからだろ？」

そこは監督に何度も言われた、と藤谷は続ける。

「じゃあ、最後のこのセリフは？」

「それも、苛々してる」

「確かに凪は全《すべ》て、苛々しながら口にしてる。でも、その苛々にも種類がある。刑事《けいじ》から不当に扱《あつか》われての苛立ち、時間を気にしているための苛立ち、同じ質問を何度もされていることへの苛立ち。苛立ちの理由は全部違《ちが》う」

藤谷は眉根《まゆね》を寄せて「そんなの、区別なんかできねーだろ」と困惑《こんわく》した表情を浮《う》かべる。

「どうして？」

「どうしてって…」

「時間を気にして苛立ってる人間はどんな行動を取る？」

「え…？」

「時計を気にする。貧乏揺《びんぼうゆ》すりをする。指先でテーブルを叩《たた》く。落ち着《つ》きなく姿勢をかえたりする。口調も自然と速くなる。話し相手がゆっくりしゃべると、その間にすら苛立ちを覚える」

俺は本気塾に入ったばかりの頃《ころ》、塾長《じゆくちよう》に「人間観察をしろ」と言われた。老人の特徴《とくちよう》、子供の特徴、女性の特徴、それらをすべて言えるようにしろと課題を出されたこともある。特徴さえ摑《つか》めば、そういう役が来た時にそれらしく見せることができると教えられた。もちろんステレオタイプじゃ駄目《だめ》だが、ステレオタイプも知らないようじゃ演技はできない。

「でもそんなの、台本には書いてない」

「台本が全てだとでも思ったのか？」

台本に書いてあることだけじゃ演技はできない。演じるなら想像して台本にないところまで補完しなければならない。それは何もアドリブをしろと言っている訳じゃない。

「じゃあお前は相手役が喋《しやべ》ってる時、自分はただ人形みたいにじっとしていていいと思ってるのか？」

「それは…、違《ちが》うけど」

「だったら考えろ。お前が演じる視線や指先、仕草の一つ一つが凪航を構成しているんだ」

そう言って台本を閉じる。

「最初からもう一度。何回でも付き合ってやるから、お前が考えた演技をしてみせろ」

俺がそう言うと藤谷はもう一度台本を手にとって、とっくに暗記している内容に目を落とす。

その後何度も練習を繰り返した。休憩《きゆうけい》も入れずに二人でもくもくと演技をして、腹が減ってから宅配ピザを注文した。いくつかのシーンを練習して、時計の針が翌日にさしかかるところで今日の練習を切り上げる。俺も藤谷も気付けばぐったりと疲《つか》れていたが、それでもそれはどこかスポーツをした後のような心地《ここち》よい疲労感《ひろう》だった。

　藤谷は今日の練習で少しずつ凪を掴みはじめた。

「充」

　玄関《げんかん》で靴《くつ》を履《は》いている時に初めて名前を呼ばれて振り返ると、藤谷は申し訳なさそうに「今までごめん」と頭を下げる。これまでの態度のことだろう。

「気にしてない」

　俺の言葉に藤谷は顔を上げた。

「今日は…ありがとう。俺、がんばれると思う」

「そうか」

　初めて見る藤谷の笑顔《えがお》に戸惑《とまど》いながらも、綺麗《きれい》なそれに思わず見惚《みと》れた。そういう顔ばかりしていればいいのに勿体《もったい》ない。

「じゃあ、また明日学校で」

　バイバイと手を振る藤谷が子どもみたいで可笑《おか》しくて、俺も笑いながら手を振り返した。

　つきあってみれば可愛《かわい》いもんじゃないか。

　そんな思ってもみなかった事実に驚《おどろ》きながら、去り際の藤谷が可笑しくて帰り道で思い出して一人また笑ってしまった。

藤谷の演技の練習に成り行き上つきあうはめになってから一ヶ月、クランクインからは二ヶ月が経《た》った。

最初は本当にぎこちなかった藤谷の演技はだんだんと見られるようになってきた。まだ台本からその人物の表情や感情までを厳密に感じ取ることはできないが、それでも要求された演技がだんだんとこなせるようになっている。

正直頑張《がんば》っていると思う。演技を教えているとき、藤谷は恐《おそ》ろしいぐらいに真剣《しんけん》だ。

今日もあいつはロケで撮影《さつえい》しているが、昼には学校に顔を出すと言っていた。

そろそろ来る頃か。そう思いながら腕時計《うでどけい》を見ていると、チャイムが鳴った途端《とたん》教室に藤谷が飛び込んでくる。最近は学校でもよくしゃべるようになった。

といっても、俺以外の人間には相変わらず関わろうとはしないが。

「リテイク一回しか出さなかった」

嬉《うれ》しげに藤谷はそういうと「凄《すご》いだろ」と相変わらず偉《えら》そうに口にする。

「すごいな、シーン58？」

「そう」

セリフの量が多い所だ。丸々一頁《ページ》ちかく一息に藤谷がしゃべるシーンが入っている。教えてみて分かったが、藤谷は努力家だ。どんな長セリフでも確実に覚えてくるし、練習を怠《おこた》らない。

「良かったな」

そういって笑いかけると、藤谷は嬉しそうな顔で「まあな」と微笑《ほほえ》んだ。今まで鬱陶《うっとう》しいとしか思わなかったが、最近は特に突《つ》っかかってくることもないし、こんな風に懐《なつ》かれると可愛いとすら思える。

藤谷が何かを言いかけたときに、近くまで来た川添が「充、飯食いに行こうぜ」と俺を誘《さそ》った。普段《ふだん》俺は学食じゃなくて、学校の近くの定食屋で飯を食っている。学食だと芸能科以外の親しくない生徒に声をかけられて面倒《めんどう》だからだ。特に最近は映画のこともあって、みんな色々と聞きたがっている。

芸能科でも藤谷みたいに明らかに売れているタイプには話しかけづらいようだが、俺みたいに中途半端《ちゅうとはんぱ》な知名度の相手は話しかけやすいのだろう。

俺が定食屋に出掛《でか》けることを知っている川添はいつもは食事に誘うことはないが、今日に限って声をかけてくる。恐らく藤谷に対して張り合ってるんだろう。

だけど、そんな子どもっぽい感情につきあってやる義理はない。

「悪い。こいつと仕事の話があるんだ」

俺がそう言って川添の誘いを断ると、心なしか藤谷が嬉しそうな顔をした気がした。

最近どうも懐かれている。高飛車な態度はそのままだが、あまり辛辣《しんらつ》な物言いも無くなったので、そう悪くはない。

鹿山の時と似ているなと思いながら、バッグから財布《さいふ》を取り出そうとすると、藤谷が「飯なら持ってきた」と口にする。

教室で食べていると注目を浴びるからという理由で、俺達は三階のロビーに行く。自販機《じはんき》やコピー機が並べられている狭《せま》いロビーの隅《すみ》に一つだけある長椅子《ながいす》は女子が使用していた。だけど藤谷が「使ってる？」と尋《たず》ねると、全員にこやかに立ちあがって藤谷に席を譲《ゆず》る。

男前は色々と得でいい。

藤谷が簡単に礼を述べて座る。俺も女子に礼を言ったが、みんなむしろ藤谷と話せたことが嬉しそうだ。俺が座ると、藤谷がナイロンバッグから弁当を取り出す。渡《わた》された弁当を開けると京福亭《きょうふくてい》の幕の内だった。

「すごいな」

思わずそう口にする。高級料亭《りょうてい》の京福亭は一日百個限定の幕の内弁当を販売《はんばい》している。味が良いので予約分でほとんど完売するほど人気がある。けれど味が良い分値段が高い。個人的に購入《こうにゅう》したことはほとんどなく、たまにロケ弁で支給されるとその日一日幸せな気分になる。

「昨日のロケで出たときに充がこれ好きだって鹿山が言ってた」

「呼び捨てにするなよ。年齢《ねんれい》も芸歴も鹿山の方が上だろ？」

俺もあいつを呼び捨てにしているが、鹿山は芸歴が浅い人間が自分にタメ口を使うのを嫌《きら》う。

「あんた鹿山と仲良いよな」

面白《おもしろ》くなさそうに藤谷が口にする。

「まあな」

「俺あの人嫌いだ。性格悪いし」

　それを聞いて思わず笑う。藤谷と鹿山は実は結構似ていると言ったら、なんて言うだろうか。二人とも必死に否定するに違いないが、実際よく似ている。負けん気が強いところも、強情《ごうじょう》なくせに一度相手を懐《ふところ》に入れて仕舞《しま》えば人一倍その相手を信用してしまうところも。あんなに嫌われていたのに、一体どうしてここまで藤谷が懐いてくるのか不思議でならない。

初めは鹿山もそうだった。恐らく藤谷も鹿山も直情的で素直《すなお》な性格なのだろう。

「嫌いって、子どもみたいな言い方するな」

「子どもでいい。本当に嫌いだから」

不機嫌《きげん》になった藤谷に構わず、「頂きます」と言って弁当に箸《はし》をつける。里いもの煮《に》っ転がしや大根の煮付《につ》けを食べて、思わず顔がにやけた。

「美味《うま》すぎ」

なんでこんな美味いんだろうと思いながら、程《ほど》良く焼き色のついた鰊《にしん》の煮付けを解《ほぐ》して口に入れる。味が染《し》みていて最高だ。

一通り楽しんでいると、視線を感じて顔を上げる。ぽかんとした顔で藤谷が俺を見ていた。

「何だよ?」

不思議に思って尋ねると藤谷は意外そうに「美味そうに食べるなって」と口にする。

「美味いもの食べたら美味そうな顔になるのは普通《ふつう》だろ?」

どうしてそんなに不思議そうなのか分からない。

「そうだけど、でもいつも充の笑顔って演技だから。少し驚いた」

藤谷に指摘《してき》されて思わず固まる。まさか演技がばれているとは思わなかった。ほとんど誰《だれ》も気付かないのに、どうして藤谷は気付いたんだろう。

俺がそう思っていると、目の前の廊下《ろうか》を川添たちが通りかかる。彼らは明らかに藤谷を見ながら何かぼそぼそと話すと、馬鹿《ばか》にするような笑い声をあげて通り過ぎていった。

「俺なんかと一緒《いっしょ》にいたら充もそのうち悪く言われんじゃねーの？」

藤谷も弁当に箸をつける。味わっているのかいないのか、がつがつと食べる姿によほど腹が減っているのかと思った。

「小学生のガキじゃあるまいし、そんな馬鹿げたことにつきあってられるか」

いじめだとか、嫉妬《しっと》だとか、そんなものに振《ふ》り回されるほど暇《ひま》じゃないし、他人に興味もない。

「あいつらのこと気にしてるのか？」

意外に思ってそう尋ねた。

「そんなんじゃねーけど…」

「怯《おび》える必要なんかないだろ」

からかうようにそう口にしたが、本気で藤谷が川添たちに怯えてると思っている訳じゃない。

体育倉庫で藤谷を見つけた時、藤谷は怯えても悲しんでもいなかった。ただ苛立《いらだ》っていた。川添達にというよりも、自分に対して。びしょぬれになりながらも、藤谷の心をしめているのは演技のことだった。そういうところがこいつの凄いところだと思う。

俺とは別の意味でこいつは川添達のことなんて気にしていない。

「なんで格下に怯えんだよ」

臆面《おくめん》もなく藤谷はそう口にする。確かに人気や知名度で言えば川添たちは藤谷には敵《かな》わないだろう。だけど仮にそうであっても、川添たちに怯えている生徒は結構いる。だけどこの間の一件で事務所から川添たちに注意がいったせいもあって、川添たちは藤谷に手を出すのをやめたようだ。あくまで表面上と俺の目の届く範囲《はんい》での話だが。

「俺はあんたに迷惑《めいわく》が掛《か》かるんじゃないかって思っただけだ」

「心配してくれるのか？」

俺がそう切り返したら、自分が口にした言葉の意味に今初めて気付いたのか、藤谷がうっすらと顔を赤くして「別に、そんなんじゃねーよ」と言った。その表情は自分の失言を悔《く》いているように、歪《ゆが》められている。

意外に可愛《かわい》いところがあるじゃないか。

「そ、それより、言っておくけど前にあいつらが言ったのデマだから。なんか業界でもそういう噂《うわさ》ばっかり流れてるけど、違《ちが》う」

「前に？」

「年増《としま》のスポンサーと寝《ね》るってやつ」

そういえば前にそんなやりとりを川添としていた。

「分かってる。若い綺麗《きれい》なスポンサーだったんだろ」

「ちげーよ！　そっちじゃなくて！」

本気で怒《おこ》った藤谷がおかしくて「その顔、二章のシーン25で使えそう」とさらにからかうとじろりと睨《にら》まれる。

「デマだって分かってるよ。お前はそういうタイプじゃない」

これ以上からかうと度が過ぎてしまいそうで、宥《なだ》めるように口にする。

「あんた意地悪だ」

その言葉に思わず笑った。藤谷のしゃべり言葉は意外に結構子どもっぽい。そんなこと他《ほか》の連中は知らないんだろう。テレビじゃほとんど喋《しゃべ》らないから。

くだらない話をしていたら藤谷はふいに腕時計《うでどけい》を見ると、食べ終わった弁当の容器を持って立ちあがる。

「じゃあ俺これからまた撮影《さつえい》だから」

「飯だけ食いに来たのか？」

「リテイクの自慢《じまん》したかっただけ。じゃ、がんばってくる」

そう言って藤谷が俺に背を向けてロビーを出ていった。その後俺は午後の授業を全《すべ》て受けて、放課後になるとその足で特急に乗った。横浜《よこはま》で降りて、タクシーの運転手に今日のロケ地である私立病院の名前を告げる。駅から三十分程度で着き、夜間用の入り口の前に停《と》めて貰《もら》う。

そこでは見慣れた顔のスタッフが忙《いそが》しそうに機材を運び込んでいた。

タクシーを降りて「お疲《つか》れさまです」と声を掛けると、スタッフに「着替《きが》えは四階の四〇五号室でお願いします」と言われる。

指定された病室に行くと、ドアの前にはおそらく誰かのマネージャーが立っていた。声をかけようとすると、病室のドアが勢いよく開く。

飛び出してきたのは岬サクラだった。こうして会うのは顔合わせ以来だ。

「あ、久しぶりー」

患者《かんじゃ》用の衣装を着て、頭に包帯を巻いている。サクラは今回の映画で連続殺人鬼《さつじんき》に狙《ねら》われながらも唯一《ゆいいつ》生き残った被害者《ひがいしゃ》を演じる。しかし精神的なショックが強すぎて、ここ一年程度の記憶《きおく》が抜《ぬ》けているという設定だ。内気で人の目が見られず、吃《ども》りながらでないとしゃべれない。男性に触《さわ》られることに恐怖心《きょうふしん》を抱《いだ》いているという役柄《やくがら》は本人とは面白いくらいに真逆だ。

相変わらず長く艶《つや》やかな黒髪《くろかみ》と、血管が浮《う》きそうなほど白い肌《はだ》をしている。

「深夜の病院てちょっと怖《こわ》いよね。心霊《しんれい》映像が撮《と》れたらどうしよう」

そう言ってサクラは足早にエレベータの方へ消える。

俺は入れ替《か》わるように病室に入って、そこにいたスタッフに渡《わた》された衣装を着る。一応スタッフが女子なので、ベッドの周りにあるカーテンを引いて着替えた。

俺は早めに来ていたので、暇な時間を病院の一階ロビーで過ごした。外来の診察時間をとっくに過ぎているので、ロビーは静まりかえっていて、明かりは非常灯の青い光だけだった。長《なが》椅子《いす》に座ってぼんやりしていると、階段を下りてくる足音がする。

振り返れば藤谷がこちらに近づいてくる。

「出番は？」

「今日は終わった。朝から撮影ばっかりでうんざりしてる」

藤谷は疲れたように俺の横に座る。

「あんたホテルどうすんの？」

「帰るよ」

「帰れんのかよ」

「終電逃《のが》したらマンガ喫茶《きっさ》で寝て、明日の朝帰る。俺の撮影は今日はこれで終わりだからな」

どうせ撮影が終わるのは夜中になる。明日は学校だから、始発に乗るなら数時間だ。そのためにホテルを取るのは勿体《もったい》ない。

「俺の所に泊《と》まれば？」

藤谷がこちらを見ないでそう口にした。

「ホテル、取ってあるから」

「俺に気を遣《つか》わなくてもいい」

「気遣《きづか》ってるわけじゃない。別に、嫌《いや》ならいい」

視線を合わさないまましゃべる藤谷は、人づきあいが下手《へた》な奴《やつ》だなと思う。

あんなに女子に騒《さわ》がれて売れてる男が俺なんかに断られたぐらいで、そんな寂《さび》しそうにしてるなんて少し可笑《おか》しい。

「それじゃ、遠慮《えんりょ》無く行かせて貰う」

俺がそういうと藤谷は「じゃあ撮影終わるまで待ってる」と口にした。

そろそろ時間だと思い立ちあがって、撮影が行われている三階の個室に向かう。

現場ではベッドの上でサクラがグミを食べていた。

その周りではカメラの位置調整やライティングが行われている。

「サクラちゃんそろそろグミやめてくれない？」

助監督《じょかんとく》の言葉にサクラは手に載《の》せたグミを一度に口に入れて、もぐもぐさせながら「ふぁい」と返事をする。

準備が整うと一度テストが入った。監督が俺とサクラに相変わらず大雑把《おおざっぱ》な指示を出してからリハーサルなしの本番が始まる。カメラが回り出した瞬間《しゅんかん》に、サクラも俺も一瞬で役に入り込む。

サクラは見事に儚《はかな》い少女を演じて見せた。揺《ゆ》れる視線や初対面の男を警戒《けいかい》する硬《かた》い雰囲気《ふんいき》がうまく出ている。久しぶりに共演して随分《ずいぶん》成長していることに驚《おどろ》いた。藤谷はサクラがその気になれば簡単に演技で食われてしまうだろう。

カメラの都合で同じシーンを何度か別方向から撮って、撮影が終わる。

サクラは「おなかすいたな〜」とぼりぼりと包帯の巻かれた頭を掻《か》きながら口にした。

「お疲れさま」

俺のシーンはこれで終わりだ。全体としては、あとはサクラが病院の中を走るシーンの撮影が残っているだけだ。

「京って結構かわいいじゃない」

ベッドから下りるサクラに手を貸すと、そんなことを言われた。

「なんだよ、食指が動いたのか？　やめておけよ、お前らの事務所ただでさえ仲悪いんだから」

「それって嫉妬《しっと》？」

「するかよ」

そう言って笑うと、サクラが唇《くちびる》を尖《とが》らせる。

「してくれないんだ？」

「当たり前だろ。お前とはもうただの友達なんだから」

過去につきあっていたこともあったが、今はもうなんとも思っていない。

「ふーん、そういうこと言うなら京とのキスシーンをベッドシーンに変えて貰うよう監督に頼《たの》んじゃうから」

笑いながらサクラが言う。サクラならやりかねない。

「あいつが可哀想《かわいそう》だからやめろ」

「なんだ、やっぱり嫉妬してるんじゃない。充がどうしてもっていうならまたつきあってもいいよ」

からかうようにぎゅっともたれかかり、胸を寄せてきたサクラに「あんまり人のこと当て馬に使うなよ」と小声で言う。サクラはそれを聞いて、にやりと笑った。

「なんで充にはばれんのかな」

「一応お前の元彼氏だからな」

サクラにしか聞こえないようにそう言って、俺はちらりとサクラのマネージャーを見た。多忙《たぼう》で人気も話題性もあるサクラのマネージャーにしては、どこかぼんやりした顔の男だ。それでも俺達が親しげに話し合っている様子は何度かちらちらと目の端《はし》で確認《かくにん》していた。彼がサクラに気があるかどうかは分からない。売り出し中の女優が昔関係のあった男優と親しげにしていたら特別な感情が無くても気になるだろう。

「応援《おうえん》してるからがんばれよ」

そういって細い肩《かた》を叩《たた》く。個室を出ると、そこで待っていた藤谷が面白《おもしろ》くなさそうな顔で立っていた。

「どうかしたか?」

「……別に」

不機嫌《ふきげん》になっている理由が分からない。普段《ふだん》から気分屋だから、放っておけばそのうち良くなるだろうと考えて、周りのスタッフや役者に挨拶《あいさつ》をしてから病院を出る。スタッフの一人にホテルまで送ってもらい、ロビーで鍵《かぎ》を受け取って部屋に向かう。

部屋のドアを閉めると、ずっと無言だった藤谷が「あの人とまだ続いてんの?」と聞いてくる。

いきなりその話題を出されると思っていなかった。

「つきあってたことがあるんだろ？　あんたは昔から良い女とばかりつきあってるって、うちの事務所の人間が言ってた」

そんな噂《うわさ》があるなんて知らなかった。うまくやっている方だから今まで公《おおやけ》に問題視されたことはないが、一応目は付けられていたのだろう。

もしかしたら藤谷は自分の相手役が共演者の男と必要以上に親しいのが面白くないのかもしれない。確かにあいつはいい女だから、独占欲《どくせんよく》が湧《わ》くのは同じ男として解《わか》らなくはない。もし藤谷が凪の感情に同調しているのだとしたら、演じる上で良い傾向《けいこう》だと言えるのかもしれない。

「別に今は何もない」

立ち止まっている藤谷の横をすり抜けると、セミダブルのベッドと二人がけのソファが置いてあるのが見えた。ソファは横になったときに足を投げ出して寝《ね》る格好になりそうだ。旅館だったら畳《たたみ》の上で雑魚寝《ざこね》できたが、地方じゃないかぎり旅館なんてスタッフも用意しないだろう。座ったまま寝るのは慣れている。車の中やスタジオの折り畳《たた》み椅子《いす》で眠《ねむ》ることにも抵抗《ていこう》はない。

「サクラ？」

「…シャワー浴びてくる」

藤谷は既《すで》に運び込まれていた荷物の中から着替《きが》えを取りだしてバスルームに消えた。

俺は手帳を開いて明日の予定を確認する。明日は学校と都内のハウススタジオで夕方から映画とは関係ない仕事の写真撮影《さつえい》がある。それ以外は特に予定も入っていない。

手帳を仕舞《しま》ってから帰り際《ぎわ》に貰《もら》った弁当を口にする。

昼に食べた京福亭とは値段の桁《けた》が違《ちが》う安さと速さが売りのチェーン店のものだが、中華風《ちゅうかふう》の弁当はそれなりに美味《うま》い。温かかったらもっと美味かったのに、と残念に思いながらもあんのかかった鶉《うずら》の卵を嚙《か》みしめる。

食べ終わる頃《ころ》にはバスルームから出てきた藤谷が、冷蔵庫からミネラルウォーターのボトルを取り出して口を付けた。

いつも尖っている蜂蜜《はちみつ》色の髪《かみ》が水気を含《ふく》み、頭の形に添《そ》うように下りている。

普段大人《おとな》びているが、こうして見ると子どもっぽく見える。年相応の顔つきになっている。アイボリーのゆったりとしたルームウェアを着ているのが新鮮《しんせん》に思えた。ガドのボーカルとしてメディアに登場する時は黒系の服装しかしていないし、映画の中でも今のところ学ランしか着ていない。

「あんたも浴びてくれば？」

そう言われてバスルームに行く。

大したホテルじゃないが、中のアメニティは充実《じゅうじつ》していた。薫《かお》りの良い石鹼《せっけん》で体を洗う。髪も適当に洗って、時間をかけずにシャワーを終わらせる。

そのまま用意されていたバスローブを着て、髪はタオルドライで大雑把に乾《かわ》かした。

部屋に戻《もど》ると、藤谷はソファに座って台本を片手にしていた。

「なぁ、ちょっとだけつきあって」

藤谷の言葉に俺は「いいけど」と言いながら弁当と同じく、ロケで貰ったペットボトルのお茶に口をつけた。

「疲《つか》れてないのか？」

良く知らないが、こいつのスケジュールの過密さは半端《はんぱ》じゃないはずだ。

「昨日から寝てない」

ＰＶの衣装合わせで四時間もとられた挙げ句に、収録予定だった音楽番組の司会者が遅刻《ちこく》したせいで、無駄《むだ》に寝る時間が削《けず》られたと愚痴《ぐち》をこぼす。

「だったら学校なんか来ないで仮眠《かみん》しとけば良かったのに」

「……あんた鈍《にぶ》い」

「はぁ？」

藤谷は俺に自分の台本を渡《わた》す。

「二章のシーン64。岬サクラとのシーン」

開かれた頁《ページ》は記憶《きおく》を取り戻そうとするヒロインの奈々が、探偵《たんてい》役の凪の後を付いてくる描写《びょうしゃ》から始まっている。儚《はかな》いだけの印象だった少女が凪に付いてくるなと怒鳴《どな》られて、怯《ひる》みながらも反論するシーンだ。夜中に繁華街《はんかがい》の路地裏で撮影する予定だが、俺が出演するシーンではないから明確な場所は聞いていない。それに、まだ先のシーンのはずだ。

「明日の飯田さんとのシーンはいいのか？」

練習が必要なのはそっちじゃないだろうか。序盤《じょばん》の撮影でもめて以来、飯田さんはぴりぴりしている。普段から扱《あつか》いにくい女優ではあったが、今はそれに輪を掛《か》けてつきあいづらい。

「大丈夫《だいじょうぶ》、そっちは出来てる」

藤谷はそう言い切ると、シーン64の最初のセリフを口にした。

「付いてくるな迷惑《めいわく》だ」

藤谷は台本を暗記しているのでソファから立ちあがると、凪の表情でそう言った。

既に芝居《しばい》に入っている。

――俺のペースはお構いなしだな。

仕方がないからざっと台本に目を通して、少ない奈々のセリフを覚える。藤谷のセリフの次の行には〝奈々「(怒《おこ》った顔)私は私の記憶を取り戻したいだけ」〟と書かれている。

台本から顔を上げて、そのセリフを口にしようとした瞬間《しゅんかん》に、近づいてきた藤谷に唇を塞《ふさ》がれた。触《ふ》れあっただけで離《はな》れた唇に一瞬《いっしゅん》何が起こったのかと考える。

「キスシーンも、練習しておきたかったんだ」

目が合うと藤谷が言い訳のように口にした。シーン64には確かにキスシーンがある。凪が奈々を理論で言い負かしたあと、感情論で逆に言い負かされそうになってその口を塞ぐというシーンだ。その後、凪は奈々に頬《ほお》を叩かれる。

「もっと後の方だろ」

キスされた唇を指で押さえながらそう言った。まさかカメラが回っていないところで、男にキスされるなんて考えてもみなかった。一度か二度、その手の趣味《しゅみ》の奴《やつ》に誘《さそ》われたことはあったが、いつも丁重《ていちょう》に断っていた。

男とのキスなんて、冗談《じょうだん》にしてはきつすぎる。

「じゃあ、もう一回最初のセリフから」

藤谷がそう口にした。

「キスシーンなんか練習しなくてもできるだろ」

再びキスされるのは堪《たま》らないと思ってそう言った。それに藤谷に経験がないとはとても思えない。前に川添達に見せられた雑誌に写っていた藤谷は、女を酔《よ》わせる男の顔をしていた。

「いつも練習にはつきあってくれただろ」

「俺はサクラより背も高い」

だからやっても練習にならないだろ、と藤谷を丸めこもうとしたら藤谷は「凪は奈々のことどう思っていたと思う？」と聞いてくる。

「二次元の女の子にしか興味がない凪が、原作じゃ奈々のために何度も命をかけてる。シーン64では、きっと凪は自分が奈々を気に入ってることを自覚してる。だから危険な目に遭《あ》わせたくない」

藤谷の言葉に少し驚《おどろ》いた。前はセリフしか見えていなかったのに、今じゃその裏にある心情を読んで演技してる。前は監督《かんとく》や俺がいちいち口にしないと行間を理解する事なんてできなかったのに。何度も何度も台本を読み込むことで、藤谷なりに凪の気持ちを理解したのだろう。

狂王の夏

「ここは好きな人にキスするシーンだ。だから練習相手は充じゃなきゃダメだ」

藤谷の言葉に俺は驚きを自覚するより先に、「冗談だよな」と言った。

冗談であって欲しいと思った。じゃなきゃ、俺も対処に困る。

「俺をからかってるだけだろ」

そう言って俺は台本を置く。帰ろうかと逡巡《しゅんじゅん》しながらバッグに目を向けると、藤谷は「そうだよ」と言った。

「いつも冷静なあんたがどんな顔をするかと思っただけ。反応が少なくて詰《つ》まらない。折角《せっかく》男にキスまでしたんだから、もっと驚いてくれてもいいのに」

藤谷は悪びれもせずにそう言ってシーン64の練習を続けた。動きは入れずにセリフを読み合うだけの練習を二回通してやったあとに、「疲れたからもう寝ようぜ」と立ちあがると藤谷はベッドサイドのライトだけを残して電気を消す。

「本当に明日の練習はいいのか？」

「平気だって言っただろ」

欠伸《あくび》混じりに返事をした藤谷はベッドに入る。

これから部屋を出ていくのは先ほどの事を過剰《かじょう》に意識しているようで、諦《あきら》めてソファに寝《ね》ようとすると藤谷が「広いからこっちにくれば？」と口にした。

「それとも、さっきキスしたから俺のこと怖《こわ》い？」

不敵な顔で藤谷がそう言うから、俺は「そんなんじゃない」と言ってベッドに入る。

さっきのことが冗談だったとお互《たが》いに確認《かくにん》するためにも、俺はその誘いにのる必要があった。

ここで断れば、キスをする前の関係には戻れないだろう。

こいつが前みたいに俺の前で無気力な顔しか見せなくなるのは嫌《いや》だ。

だから俺は真っ白なシーツとシーツの隙間《すきま》に入りこんで、柔《やわ》らかすぎる枕《まくら》に顔を埋《うず》める。横になって初めて、自分が眠かったのだということに気付いた。

藤谷は俺に背を向けたまま何も言わない。疲れていたようだから眠ったのかもしれないと俺も目を閉じる。

先ほどのキスが冗談なんかじゃないのは分かっていた。でも藤谷が「冗談だ」と言ったからそれはもう、冗談になったのだ。

――その方が良い。

しばらくそんなことを考えていたが気付けばいつの間にか眠っていた。けれどふいに、息苦しさに起こされる。

一体なんだと目を開けると、藤谷が俺の唇《くちびる》にキスをしていた。

「ふじ、たに…？」

寝ぼけながら声を掛けると、一瞬《いっしゅん》怯《おび》えたような顔をした藤谷が躊躇《ためら》いながら口を開く。

「……あんたやっぱり嫌なやつだよ。冗談なんかじゃないって気付いてたくせに」

藤谷は俺の腕《うで》を押さえて、俺を上から見下ろす。

「気付いてるのに、俺の横でどうして寝られるんだよ？」

「お前を信用してるから」

　俺がそう言うと藤谷は切羽詰《せっぱつ》まったような顔でゆるく首を振《ふ》る。

「俺だって男だよ。好きな人が横で寝てたら、我慢《がまん》なんてできねーよ」

藤谷が顔を近づけてくる。押さえられた手に力を込めて振り払《はら》おうとしたら「逃《に》げるなよ」と縋《すが》るような声で言われた。

その声に動けなくなる。

唇が先ほどと同じように合わせられて、藤谷は「すげー好きなんだ」と口にした。

唇を離した後、藤谷は俺の首筋に鼻先を埋める。

俺の腕を摑《つか》む藤谷の手にはもうそれほど力は入っていなかったが、振りほどくことができない。触れている体はやけに温かくて、相手が同じ男だと分かっているのに心地《ここち》が良い。

「一回だけでいいから」

らしくもなく、小さい声で藤谷が言う。

「それで諦めるから」

ぎゅっと、藤谷が抱《だ》きついてくる。

小さく震《ふる》えながらも強く抱きついてくる硬《かた》い体に、子どものころに両親の離婚《りこん》が嫌で母親に縋り付いた自分がだぶる。怯《おび》えるように体を寄せる藤谷を見ていて、思わずため息が漏《も》れた。

俺はこいつを突《つ》き放せない。こんな風に強くしがみついた後、突き放されたときの寂《さび》しさを嫌《いや》っていうほど知っている。

それに、なんだか可愛《かわい》いと思った。それは決して恋愛《れんあい》感情ではないけれど。

「わかった」

自分でもなんでそんなことを言ったのか不思議だった。

男を抱きたいと思った事なんて一度もない。それに俺は人一倍面倒《めんどう》なことが嫌いで、こいつを抱いたら面倒なことになると分かっているのに。

でも突き放せなかったんだからしょうがない。俺は自分で思ってた以上にこいつを気にいっていたようだ。

「お前の気持ちには応えられない。抱かれてやることも出来ない。でも一回抱くだけなら、出来るかもしれない」

俺の首筋に顔を埋めていた藤谷の頭に軽く手を載《の》せて、犬でも撫《な》でるように頭を撫でた。いつも尖《とが》らせているから、硬いイメージがあったが、触れた髪《かみ》は指に柔らかくからみつく。

「いいのかよ？」

藤谷の震える声とその吐息《といき》が首筋に掛《か》かる。

まさか本当に俺が引き受けるとは思っていなかったのだろう。おそるおそる顔を上げた藤谷の目を見て「抱くだけでいいなら」と答える。自分でも安請《やすう》け合いしすぎだと思ったけど、想像以上に高い藤谷の体温にもっと触れていたいと気付いてしまった。

「いい、それでいい」

一回だけでいい、と藤谷が言って頭を撫でていた俺の掌《てのひら》に自分の唇を押しつける。

目が合うと藤谷は恥《は》ずかしそうに、困ったように目を逸《そ》らす。

その首筋に掌を滑《すべ》らせる。指が触れただけで、さっきまでの積極性が嘘《うそ》のようにびくりと震えた。

引き寄せて服の中に手をいれる。藤谷の脇腹《わきばら》に掌が触れると、静電気が走ったみたいに藤谷の体が跳《と》び上がる。その過剰な反応に思わず笑う。

上に着たアイボリーのルームウェアを脱《ぬ》がせて、むき出しの肌《はだ》を確かめるように触れる。藤谷は大人《おとな》しくされるがままになりながら、体を硬くして耐《た》えるように唇を噛《か》む。そんな風にしていると、まるで俺が無理矢理《むりやり》触れているみたいだ。目を覗《のぞ》き込むために顔を近づけると、今まで大人しかった藤谷の手が俺の体を押しのけるように肩《かた》に置かれる。

「嫌なのか?」

「そうじゃない」

「じゃあ、怖いのか?」

肩に置かれた手を自分の手の中に握《にぎ》りこむ。さっき藤谷がしたように体温の高いその掌に口づけながら問うと、「そんなんじゃねーよ」とむっとしたような声が返ってきた。

「そういうんじゃなくて、すげー緊張《きんちよう》してるだけ」

確かに掌は汗《あせ》を掻《か》いてしめっていた。藤谷が大人しいうちに、下に穿《は》いているものも取り去って仕舞《しま》う。硬い胸に唇を寄せると、藤谷の手が俺の背中に回る。太股《ふともも》に手を滑らせると、腕に藤谷の手が抵抗《ていこう》するようにおかれた。

「手が邪魔《じゃま》」

「だ、だって…」

顔を赤くして「そっちはあんまり見られたくない。触《さわ》られるのも…」と口ごもる。コンプレックスでも抱いているのかと思えば「気持ち悪いだろ」と言った。

「俺が、触る」

そう言うと、藤谷がゆっくりと唇を合わせる。

「女の人のこと考えてていい。俺きっとつまんないと思うから」

「らしくないな」

いつもと違《ちが》ってしおらしい。別人を相手にしてるみたいで、不思議な感覚だ。

「仕方ねーだろ、こんなの初めてなんだから」

俺も男とするのは初めてだ。それなのに未《いま》だに自分の中で嫌悪《けんお》感が芽生えないことを不思議に思っている。

「初めてって、女とはしたことあるだろ」

藤谷はその言葉に「悪いかよ」とふて腐《くさ》れたように口にする。

あまりにもそれが意外で「嘘だろ」と呟《つぶや》いてしまう。女子には抱かれたい男だの、つきあいたい男だのと騒《さわ》がれて、その手のランキングじゃいつも上位にいる藤谷がまさか経験がないなんて嘘みたいだ。

そう言えばさっきから藤谷が仕掛《しか》けてくるキスは唇を合わせただけで離《はな》れていく。肌に触《ふ》れる掌は熱くて、その体も温度が高すぎるぐらいに熱いがいやらしさがない。迷うように何度も俺の腕や背中を撫でるばかりだ。

いっこうに先に進まない動きに焦《じ》れて、その体を組み敷《し》いた。

ベッドに押さえつけて、開いた唇を奪《うば》って舌を這《は》わせた。

「んんっ」

驚いたようにぎゅっと俺の腕を摑む。藤谷の舌の側面を自分の舌先でなぞるようにからませて吸う。何度も同じようなことをやっていると藤谷の体が柔らかくなって、あんなに力が張っていた指先がぱたりとベッドの上に落ちる。

荒《あら》い呼吸を繰《く》り返す藤谷は「俺がするって言ったのに」と窘《たしな》めるように俺を見た。

「焦らされるの好きじゃないんだよ」

濡《ぬ》れた藤谷の唇を指で辿《たど》る。眼《め》を見つめたら恥ずかしそうに逸らされる。ここまできてその反応はないんじゃないかと、むき出しの肌に唇を寄せる。

「あっ」

高い声があがって、引きはがそうとするように肩に手をおかれる。

「したいんじゃなかったの？」

意地が悪い質問だが、藤谷の反応はとてもしたい奴《やつ》のものに思えない。

返事を待っていたが一向にしゃべりだす気配がない。唇を寄せていた肌から体を引こうとして、ベッドを軋《きし》ませるとようやく藤谷が口を開く。

「したいけど、触られるとどうしたらいいのか解《わか》らなくなる」

恥ずかしくて困る、と指の隙間《すきま》から漏れた声が震えている。ほてった顔を隠《かく》そうとしている姿を見て、体の奥が熱くなった。さっきまで、本当に抱いてやれるだろうかと半分不安だったが、今は衝動《しょうどう》のままに組み敷いて喘《あえ》がせたいと思った。

誘《さそ》うように尖った乳首《ちくび》を舌で舐《な》めると「ひっ」と悲鳴のような小さな声があがる。勃《た》ちあがりかけた性器に触れる。まだ柔《やわ》らかいそこを手の中に握りこんだ。

「だめ、待って…俺、あっ」

抵抗する手を無視する。女みたいにか弱いわけじゃないが、俺のほうが力が強いからそんなんじゃ抵抗にならない。

裏筋を指先で辿るようにして、柔らかな陰嚢《いんのう》も指で弄《いじ》る。藤谷の性器はすぐに硬くなった。男とも女とも経験がないなら、他人にこんな場所をこんな風に触れられるのも初めてなんだろう。

そこら中の男が嫉妬《しっと》するほど格好いい顔をして、ガドの京としていつも不敵に笑っている男が俺の下で顔を赤く染めながら息を乱している様子に興奮を誘われる。

藤谷は「見るな」と言っただけでもう抵抗はしなかった。

きつく膝《ひざ》を閉じて、泣きそうな顔で俺を見上げる。その顔が可愛いと思った。触れるたびにびくついて、緊張する体も可愛い。

——欲情するくらいに。

「少し触っただけなのにこんなに濡れるんだ？」

直《じか》に触れると先走りに濡れた硬い性器が震える。藤谷の耳元で囁《ささや》きながら、舌で耳を舐めた。陰茎《いんけい》を擦《こす》りながら指先で強く尿道《にょうどう》の辺りを擦ると、藤谷は「も、離せ」と首を振《ふ》る。

「いきそうだから、離せ」

掠《かす》れた声と、遠慮《えんりょ》がちに俺の肩に回された手が可愛《かわい》くて、そのお願いを聞く気にならない。自分の硬《かた》くなった性器を自覚して、今すぐにでも藤谷に入れたくなる。

無理矢理奥の方まで突き上げて泣かせたいと思った。だけど頼《たよ》りなく首をふる様があんまり可愛くて、初めてだからと怯える様が可哀想《かわいそう》でその衝動をどうにかやり過ごす。

「いけよ」

少し乱暴に手をスライドさせたら、呆気《あっけ》ないほど簡単に藤谷が射精する。

「あ…っ」

余り触れてないのにこんなのでいけてしまうなんて、自分でもあまり触ったりしないんだろうかと下世話な想像をする。

腹に散った白濁《はくだく》した液体を指で掬《すく》って、藤谷の奥まった場所にぬりつけた。

「っあ、んん」

指先を潜《もぐ》り込ませると、怯《おび》えたように藤谷が俺の肩に爪《つめ》を立てる。

「充っ」

硬くなった表情を解《ほぐ》すように何度もキスをした。やわらかく舌を絡《から》めて、名前を呼びながら髪《かみ》を撫《な》でてやる。やさしく背中を抱《だ》き寄せながら、唇《くちびる》を合わせているとだんだん藤谷の表情から怯《おび》えがなくなっていく。

「まだ怖《こわ》いか？」

藤谷は答えなかったが、再び自分から唇を合わせる。薄《うす》い舌が、躊躇《ためら》うように俺の唇に触れる。

「んっ」

二本目の指を入れると、きつく締《し》め付けられる。中で動かすと藤谷が熱のこもった吐息を吐《は》いた。その吐息に煽《あお》られる。恥ずかしがる仕草が可愛《かわい》くて堪《たま》らない。

俺が抱いてきた女はみんな、こんな風にはならなかった。良い意味でも悪い意味でも遊び慣れていて、自分に自信を持っていた。そんな彼女たちが好きで、楽だったから今まで不満なんて持ったことなかった。

だけど腕《うで》の中で震《ふる》えながら快感に戸惑《とまど》う姿に、彼女たちを相手にした時以上に我慢《がまん》が利《き》かなくなりそうだ。それでも優《やさ》しく抱いてやりたいと思った。

「なか熱いな」

指を動かしながら言った言葉に、藤谷は俺の髪を引っ張って「恥《は》ずかしいことばっかり言うなよ」と小さな声で抗議《こうぎ》する。

俺は片手でバスローブの紐《ひも》を解《ほど》いて、脈打って充血《じゅうけつ》した性器を藤谷のものとすりあわせる。触れあった瞬間《しゅんかん》、びくりと引いた藤谷の腰《こし》を引き寄せる。

「逃《に》げんなよ。こういうのがしたかったんだろ？」

自分が男相手にこんなことをするなんて想像もしなかったのに、気付けば違和《いわ》感なくやっている。汚《きたな》いとか気持ち悪いとか思うよりも先に、もっと触れたいと思った。

「……いじわるだ」

責めるように言われて、確かにそうかもしれないと思った。もっといじめたい。可愛い反応ばっかり返ってくるのが楽しくてたまらない。ガキの頃《ころ》は、好きな子をいじめるという同級生の心理が解らなかった。好きな子には優しくして、相手にも好きになって貰《もら》えばいいと単純に考えていた。その考えは正しいんだろう。

だけど、今になってようやくガキだった頃の同級生の気持ちが分かる。

「だっていやらしすぎるだろ。たったこれだけで、藤谷のまた硬くなってる」

すりあわせるうちに藤谷の性器の尖端《せんたん》からは、あとからあとから半透明《はんとうめい》な液体があふれ出してくる。

「言うな」

見るな、離せ、言うな、さっきから命令されてばかりだ。どうせならもっと、積極的なお願いが聞きたい。この行為《こうい》は自分が望んだものだってことを、こいつに思い出させたい。

「あっ…！」

指を抜《ぬ》いて、その場所に痛いぐらいに張りつめた性器を当てる。入りたくてぞくぞくする。とろけた肉に入り口がひくついているから尚更《なおさら》だ。こんな体で純情なそぶりをみせるから堪らなくなる。これが全部演技なら、こいつは大した役者だ。俺なんか足下《あしもと》にも及《およ》ばない。

こんなに誰《だれ》かを抱きたくて堪らないのは初めてだ。

「欲しいか？」

自分が入れたくて仕方がないのにそう聞いた。返事を急《せ》かすように乳首を摘《つま》む。

「っあ、いや…ぁ」

「嫌《いや》なの？」

ちがうだろ、と言うように摘んだ乳首を嬲《なぶ》る。

ひくつく入り口を指先で広げた。

「なあ、欲しくないの？」

欲しくないならここでやめようか？　耳元に吹《ふ》き込むように尋《たず》ねる。

そろそろ俺も我慢の限界だ。返事が聞けないなら無理矢理《むりやり》にでも入れてしまおう。

そんな風に思っていると、藤谷がぼろっと目尻《めじり》から涙《なみだ》をこぼした。

「う…あっ、どうしてそんなこと。知ってるくせに」

それから俺の首筋に抱きついて「お願いだから、もういじわるすんのやめろよ」と口にする。

幼い口調が尚更加虐《かぎゃく》心をそそる。そんなもの自分の中にあるなんて思いもしなかったのに。

「じゃあちゃんと欲しいって言えよ」

藤谷が洟《はな》をすすりながら「ほしい」と消えそうな声で言った。

本当に可愛い。こんなに可愛くなるなら、男相手だってなんだって抱ける。

一度だけじゃなく何度でも。

だけどそれは所詮《しよせん》肉欲なんだろう。こいつの気持ちに応《こた》えるつもりがない俺は、この一度だけでやめにしないといけない。だけど手放すには惜《お》しいと思った。

指先に吸い付くような肌《はだ》も、潤《うる》んだ目元も、薄い唇も全部。こんなにいやらしいなんて想像もしてなかった。

「いい子だな」

あやすように頰《ほお》にキスをして、入れたくて仕方なかった場所にゆっくりと埋《うず》めていく。

「いっ、あっ」

奥に奥にと入り込んでいくたびに、背中に食い込む爪の力が増していった。宥《なだ》めるように藤谷の性器を手の中で愛撫《あいぶ》する。

辛《つら》そうなのが可哀想だとは思うけど、俺は押し寄せる快感に目が眩《くら》んで動き出したくなる。

その衝動《しようどう》をやり過ごすために、またキスをした。キスをしていると俺も藤谷も落ち着く。音を立てながら舌を絡めて、空いた手で乳首を可愛がっているときゅっと中が締まる。

「すごいな、今の意識してやってんの？」

無意識にそう口にして、また意地悪なことを言ってしまったと気付く。

だから藤谷が何かを言う前に、深いキスをする。そうやっていると、俺を銜《くわ》え込んだ場所がきゅうきゅう締まる。波打つようなその動きに、腰が揺《ゆ》れる。

「んっ…あっ…やっ」

揺さぶると藤谷が良い声を出す。耐《た》えきれなくなって、力任せに何度もゆさぶった。

「っはぁ、あっ、充、んっ」

やさしくしてやろうと思ったのに、気付けば夢中で突《つ》いていた。奥の方まで何度も何度も突き上げて、藤谷はいつの間にか嬌声《きょうせい》しかあげなくなっていた。それでもその体は感じていて、勃《た》ちあがった性器はいつのまにか色の濃《こ》い液体を垂らしている。

「いっちゃったんだ？　今度はちゃんといく時は言えよ」

聞こえてるのか聞こえてないのか、とろんとした眼《め》の藤谷の足を持って今までとは違《ちが》う角度から激しく突き上げる。

「あっ、だめ、だめ、俺…、ぁ…う」

出したばかりで敏感《びんかん》な体が、逃げるようにびくびくと腰を揺らせる。

「こんなの、すぐ、また、いっちゃ、う」

藤谷はいやいやと首をふる。腹の間で擦《こす》れる藤谷の陰茎《いんけい》はまだ硬いままだ。

体の最奥《さいおう》に俺をくわえこんだまま、どうにもできない官能にぼろぼろと涙を流す。

その涙を舌を伸《の》ばして追いかけた。

「ひっ…ぁああ…、も、いく、また俺、…あぁ…っ」

甘い声を聞いていると俺も限界が近づいてくる。出してしまいたいような、まだ味わっていたいような些細《ささい》なジレンマを感じていると藤谷の唇が動いた。

「すき」

かすれてろくに声になっていなかったけど、そう聞こえた。確かめる前にもう一度、今度はさっきよりもちゃんとした声で藤谷が言う。

「すき。充のこと、すごくすき」

それを聞いて、何かを言い返す間もなく藤谷の中に射精した。どくどくとなかに注ぎ込んで、ずるりと抜いた。その刺激《しげき》にまた藤谷はいった。

藤谷は三度目の射精で腹を汚《よご》したあとで、眠《ねむ》るようにぐったりと眼を閉じた。俺が息を整えた後もその目は開かなかった。初めてなのに激しすぎたせいかもしれない。

藤谷の体を備え付けてあったタオルで簡単に拭《ぬぐ》って、俺はもう一度シャワーを浴びてから藤谷の眠るベッドに入り込む。俺の横で藤谷は静かに眠っていたが、俺はただその顔を見ていた。あどけない顔をしているのが可愛《かわい》くて、ついその額にかかった前髪《まえがみ》をどかしてやる。

そんなことをして、はっと自分の動作に気付き思わずその手で顔を覆《おお》う。

「何をやってるんだ俺は」

好きになってもやれない相手を抱《だ》くなんて、どうかしてる。しかも同性で、共演者だ。撮影《さつえい》期間がまだ残っているのに、馬鹿《ばか》なことをした。

共演者と成り行きで関係を持ってしまうなんてこと、俺は今までしたことがなかったんだ。あくまでプライベートと仕事はわけてきた。サクラとつきあったのだって、共演した舞台《ぶたい》が終わって半年も経《た》ってからのことだ。

つきあう気もないのに気を持たせるようなまねをするのは、藤谷に対しても不誠実だ。

疲《つか》れていたのに、ろくに眠れないまま空がうっすらと白んでくる。

「ごめんな」

寝《ね》ている藤谷に向かって呟《つぶや》いてから、音を立てないようにベッドを出る。そろそろ始発が動き出す頃だ。バスローブから普段着《ふだんぎ》に着替《きが》えて、部屋の隅《すみ》にあるデスクの上のメモ用紙に先に帰る旨《むね》を走り書きして一枚破く。それをベッド脇《わき》のサイドボードに置いて部屋を出た。

藤谷が目覚める前に部屋を出るということが、まるで一夜の関係を持った事実から逃げ出すようで罪悪感が足取りを重くする。

それを振《ふ》り切るようにホテルのロビーを歩きながら、もう一度小さく心の中だけで「ごめん」と繰《く》り返した。

授業が終わってから、電車に揺られてスタジオに向かう。

今日は成城《せいじよう》近くのスタジオで撮影なのでロケと違って面倒《めんどう》がなくていいが、シーンは藤谷とのかけあいなので気が重い。藤谷とはあの日以来初めて顔を合わせることになる。

この三日間、仕事が忙《いそが》しいのか藤谷は学校に来なかった。顔を合わせるのは少し緊張《きんちよう》する。

何もなかったふりをうまくしなければならないと考えてる自分に気付いて少し驚《おどろ》いた。今まではそんなこと、意識しなくても普通《ふつう》に出来ていたのに。関係を持った相手と仕事で一緒《いつしよ》になっても、そんな気配はおくびにも出したことはない。

やたらとあいつのことを意識している自分をおかしく思いながらも、メイクや衣装の準備を終えてスタジオに入る。

「あ、お疲れ様でーす」

出番が終わった共演者とすれ違って声をかけられ、お辞儀《じぎ》を返す。脚立《きやたつ》を跨《また》いだ照明さんが腕《うで》を伸ばして作業をしている。

監督《かんとく》はどこにいるのかと視線を巡《めぐ》らせれば、奥の方でカメラマンともめている。普段《ふだん》は大人《おとな》しい人なので怒《おこ》ったところをあまり見たことがないが、カメラマンに対してはいつも感情をストレートに出している。つきあいが長く気心が知れているからということもあるだろうが、それにしても今日はいつもよりも激しい。

「今日の監督、ぴりぴりしてますよね」

不意に背後からそう声をかけられて振り返ると、黒いスーツにキャメルのコートを羽織った鹿山が立っていた。刑事《けいじ》というよりは、金持ちの青年実業家といった風体だ。普段と違って撫《な》でつけられた髪《かみ》がいかにもエリートっぽい。

「何かあったのか？」

俺より先に別のシーンを撮《と》っていた鹿山なら知っているだろうかと声をかけると、鹿山は「隣《となり》のスタジオで赤座監督が撮ってるんですよ」と苦笑《くしよう》しながら言う。

「なるほどな」

それで納得《なっとく》した。赤座監督と矢代監督は昔から仲が悪い。悪いといっても、赤座監督の方が監督としてのキャリアが長いこともあって、矢代監督は赤座監督に何を言われようと人前じゃ大人しくしてる。それでも方々から二人が不仲だという噂《うわさ》は耳に入ってくる。

なんでも赤座監督がオファーをした大御所《おおごしょ》の俳優が、矢代監督の映画からもオファーが来ていて時期がかち合うという理由で、赤座監督の方を蹴《け》ったことがきっかけだという話だ。本当か嘘《うそ》かは分からないが、赤座監督からしたら自分よりもキャリアの浅い新米監督と比べられて蹴られたなんて、不愉快《ふゆかい》以外の何ものでもないだろう。

かといって、矢代監督もそれが理由で目の敵《かたき》にされるのも納得できないだろう。

見ていると、監督が話し合いを止《や》めてこちらに来た。

「藤谷君は？」

「すいません、今メイク入って——」

同じ事務所の鹿山が謝り終わる前に、スタジオに藤谷が入ってきた。

「すみません、遅《おく》れました」

軽く頭を下げた藤谷を見た監督は俺達に「セット入って」と素っ気なく口にする。リハーサルはなく、俺と藤谷はセットの所定の場所で待機する。その時、俺の手が藤谷の肩《かた》に偶然触《ぐうぜんふ》れて、藤谷はびくりと震《ふる》えた。

藤谷に何か声を掛《か》けようとした時、スタッフが大きな声で「はい、スタート！」と口にする。

このシーンは死体安置所《モルグ》で不審《ふしん》な行動をとる警部を、凪と仁が隠《かく》れて見ているという場面だ。

鹿山のアクションの後で仁が凪に話しかけ、それを凪が「静かに」と遮《さえぎ》る。

なのに、その時になっても藤谷は黙《だま》り込んだままだ。不審に思って顔を上げると、藤谷は視線を泳がせて「静かに」とまるきり棒読みで口にする。

「止《と》めてください」

助監督《じょかんとく》ではなく矢代監督自らがそう口にすると、セットのなかに入ってくる。

そのまま、まっすぐ藤谷を見る。藤谷は目を伏《ふ》せて「すみません」と謝った。

「やる気ないよね」

怒りを抑《おさ》えたような声で矢代監督が言う。

「何か他《ほか》の事考えてるだろ」

監督の指摘《してき》に、藤谷は再び「すみません」と俯《うつむ》いたまま口にした。そのまま重苦しい間が空いてから、監督はため息を吐《つ》く。

「出ていけ」

矢代監督は一言だけ口にして踵《きびす》を返す。思わずぽかんとした鹿山は次いで、矢代監督への謝罪を促《うなが》すように藤谷の背中を押したが、藤谷は何も言わずに頭を下げるとそのままスタジオを出ていく。

その後ろ姿を、慌《あわ》ててスタッフが追っていく。他の連中は怒っている監督にうろうろと視線を彷徨《さまよ》わせ、どうしていいのか分からないというように所在なげにしている。

現場のこの空気は小さい頃《ころ》散々味わったものに似てる。両親がケンカをしていたとき、俺はいつもこの空気の中じっと息を殺すようにしていた。

「これだから最近のガキは」

出ていけと言われて出ていった藤谷を見て、鹿山はうんざりしたような顔をする。

「先輩《せんぱい》も追いかけることないですよ」

釘《くぎ》を刺すような鹿山の言葉に、俺は「そうもいかないだろ」と言ってセットを出ようとする。

鹿山がそんな俺の腕を摑《つか》む。

「甘やかしすぎなんですよ、あいつのこと」

「そういうわけじゃない」

普段だったら撮影を途中《とちゅう》で投げ出すような奴《やつ》を追いかけない。あいつがちっぽけなプライドを守るために監督に頭を下げられないようなやつだったら、俺も鹿山のように呆《あき》れていただろう。

だけどさっき俺の指が触《ふ》れた瞬間《しゅんかん》の怯《おび》えたようなあいつの顔を見たら、否応《いやおう》なくあいつの不調は俺が原因だと分かってしまった。

鹿山の手を外して、俺がセットを出ると背後でため息を吐くのが聞こえた。

鉄製の扉《とびら》を抜《ぬ》けて廊下《ろうか》を歩いていると、自動販売機《はんばいき》の側《そば》でスタッフと助監督に説得されている藤谷を見つける。

「すみません、俺が話します」

俺がそう声をかけると、二人が振り返る。藤谷は怯えるように俯いただけで、こちらを見ようとはしない。

「任せて大丈夫《だいじょうぶ》かい？」

心配そうな助監督に頷《うなず》いて「十分ぐらい大丈夫ですか？」と尋《たず》ねる。

助監督はやれやれという顔でちらりと藤谷をみてから仕方なさそうに頷き、俺に頭を下げるスタッフと一緒にスタジオに戻《もど》る。

二人きりになったのを確認《かくにん》してから、俺は藤谷に近づく。

「俺のせいか？」

「別に…そんなんじゃ…」

藤谷はぐっと片方のこぶしを握《にぎ》る。俺の方を決して見ない藤谷に、先日の夜のことを後悔《こうかい》した。俺がこいつを抱《だ》いたから、こいつは演技ができなくなった。

やっぱり俺はこいつを抱くべきじゃなかった。

きっと、藤谷はあの夜のことを後悔してるんだろう。いくら好きだと言ってもやはり男同士だ。寝《ね》てしまったら想像と違《ちが》って、気持ち悪く感じたのかもしれない。

「……悪かった」

思わずそう口にする。その途端《とたん》藤谷は弾《はじ》かれたように顔を上げた。

「何…それ。悪かったって何だよ？」

藤谷がきつい眼差《まなざ》しで俺を睨《にら》み付ける。その視線の強さに思わずたじろぎそうになる。

「あの日も、ごめんって言ったけど、なんで謝るんだよ」

藤谷がどんっと、俺の肩を小突《こづ》く。あの日、眠《ねむ》る藤谷に向かって言った言葉をまさか聞かれているとは思わなかった。

「ふざけんな、後悔なんかするな。謝ったりするな。あんたが後悔したら、俺もっと惨《みじ》めになるじゃねーかよ！」

強い口調なのに、瞳《ひとみ》が揺《ゆ》れてる。傷つけたと気付いたら、胸が痛んだ。

「お前の方こそ、後悔してるんじゃないのか？」

藤谷は「なんで俺が後悔すんの？」と言う。

「俺を避《さ》けてるだろ？」

先ほど手が触れた時のことを口にすると、藤谷は首を振《ふ》る。

「俺は、ただ怖《こわ》いだけだ」

小さな声で藤谷は呟《つぶや》く。

「あんたに気持ち悪いって思われるのが怖いだけ」

思ってもみなかったことを言われて驚《おどろ》く。そんな殊勝《しゅしょう》な性格じゃないだろうと軽口を叩《たた》こうとして、藤谷の真剣《しんけん》な表情に本気で心配していたのだと知った。

「そんな風に思ってない」

藤谷は探《さぐ》るように俺の瞳を覗《のぞ》き込む。迷子の子供のような顔を安心させるために藤谷の頭を撫でた。だけど触れた瞬間、藤谷は体を硬直《こうちょく》させた。その反応に少し傷つく。

けれど手を放そうとすると、その手をぎゅっと藤谷がにぎりしめた。

「まだ、カメラの前に立てない」

「どうした？　体調でも悪いのか？」

俯いているから表情は見えないが、相変わらず力が入りすぎて体が硬《かた》くなっているのが分かる。

「じゃなくて、緊張《きんちょう》する」

「？」

「あんたの側にいるってことに、緊張する」

いつもの無表情な顔だけど、ほんのり目元が赤い。普通《ふつう》だったら気付かない程度のその変化を見つけて、俺の方まで恥《は》ずかしくなる。

「あんなことまでしたのに？」

からかうつもりじゃなくて、本当に疑問に思って口にした。藤谷は「だからだろ」とぶっきらぼうに反論する。

「あと一分だけ待って。そしたら、ちゃんと出来る」

そう言って繋《つな》いだ手に力を込める。

言うとおりに待ってから、スタジオに戻る。藤谷は入ってすぐに監督《かんとく》に頭を下げた。

「やる気のない奴に構ってられるほど暇《ひま》じゃない。やる気があるならさっさと入ってよ」

俺と藤谷は再びセットの中に入る。今度はリハーサルから行った。

藤谷は気持ちを切り替《か》えて、いつものように凪を演じてみせた。その表情や仕草は最初の頃から考えると、見違《みちが》えるほど様になっている。

テイクは三回目でＯＫが出た。次は別のスタジオでの撮影《さつえい》だ。その間再び待機させられる。

スタジオにはいつの間に来たのか、藤谷のマネージャーの女性が立っていた。

彼女が監督に挨拶《あいさつ》をした後に、藤谷を連れてスタジオを出ていく。その時に鹿山ともなにか話していた。二人がいなくなると、俺は衣装を替えるためにもう一度楽屋に戻る。

シーン番号と役名の書かれた紙が貼《は》られた服がハンガーに掛かっていたので、手早くそれに着替《きが》えた。鹿山はずっと黒いスーツ姿だし、藤谷もほとんど学ランだ。俺は普通の私服が多いので、彼らのなかでは一番着替えの回数が多い。

着替えが終わって外に出ると、細い手足のスタッフが大きな段ボールを持って息をきらしながら運んでいた。よろよろと壁《かべ》にぶつかりそうなのを見かねて手を貸す。

「大丈夫?」

「あ、すみません。大丈夫ですから!」

どう見ても大丈夫じゃない。彼女の手から段ボールを奪《うば》ってスタジオの扉の横まで運ぶ。ここまでなら、他のスタッフに見とがめられて彼女が責められることはないだろう。

「ありがとうございます!」

頭を下げて再び廊下を引き返そうとする。

「まだあるの?」

「はい、あと三個残ってます。すみません、すぐ運びますから」

急いでいるところを見ると、次の撮影で使う小道具なのかもしれない。

「手伝うよ」

「あの、でも……」

「落として壊《こわ》したら大変だろ」

俺がそう言うと、彼女はまた「ありがとうございます」と大きな声で口にする。

一階に下りてロビーを通ったら、ロビーでは撮影が行われているようだった。藤谷が派手な格好をした男達に囲まれながら、ソファに座ってカメラを向けられている。

俺がそちらに視線を向けていると、彼女が「映画の宣伝用の映像を撮《と》ってるみたいですよ」と言った。

「製作発表が終わってから放送ってことになってますけど」

「あれってバンドの？」

撮影の合間なので、藤谷だけが学ランだ。格好からして周りのメンバーのほうが目立ってもいいはずなのに、やはりその一団で一際目《ひときわめ》を惹《ひ》くのは藤谷だった。

「井川さん、もしかしてガドのメンバー知らないんですか？」

「曲は聴《き》いたことあるけどメンバーまではな…。ガド好きなの？」

意識して聴いたことはないが、色んな場所で流れている。

「好きって言うか、憧《あこが》れてます。めちゃくちゃに見えて旋律《せんりつ》を大事にしている辺りがＵＫロックに近いし、何より京様が歌もギターも最高に上手《うま》いんですよね」

——あいつ、ファンに様付けで呼ばせてるのか。

うっすらと頬《ほお》を染めて力説する彼女に、音楽には明るくない俺は首を傾《かし》げながら正直に「京ってそんなに上手いの？」と聞いた。

本名を知っていても、仕事中は芸名で呼ぶのは暗黙《あんもく》のルールみたいなものだ。本名で活動している俺にとっては関係ないルールだが。

俺の言葉に驚いた彼女は「本当に聴いたことあるんですか？」と問い返してきた。俺は肩《かた》を竦《すく》めて搬入出《はんにゅうしゅつ》口に向かう。

搬入出口はトラックの荷台から荷物を下ろすことが多いので、コンクリートの高い段差が出来ている。そこに、大きな段ボールが三つ残されていた。見覚えのないスタッフが何人か作業していたが、こちらには見向きもしなかった。

もしかしたらうちのスタッフではなく赤座組の連中かもしれない。

「本当にすみません」

「どうせ暇だから」

彼女が両手で抱《かか》えた段ボールと同じものを俺も持つ。台車を探したが、空いている台車は一つも見つけられなかった。近くにあるエレベータを使おうとしたら、そこは見知らぬスタッフが使用していた。

順番待ちしている暇もないようで、彼女は再びロビーを通って階段を上がる。スタジオの前まで運んだところで、他《ほか》のスタッフが彼女を呼び止めた。何か他の用事を頼《たの》まれているのを見て、俺は最後の一つを運ぶために再び階段を下りる。

搬入出口から最後の段ボールを手にロビーを通りかかると、既《すで》に撮影は終わったようで藤谷と四人のメンバーはそれぞれくつろいでいた。カメラが回っていた時は親しげな雰囲気《ふんいき》だったのに、カメラがなくなったら途端《とたん》にそれぞれが適当な距離《きょり》を空けてばらばらに動いている。

そのうちの一人が俺に気付いて近づいてきた。

「おい、お前これでなんか食い物買ってきて」

そいつが俺の持っている段ボールの上に紙幣《しへい》を置く。

荷物運びをしている俺を見てどうやらスタッフと勘違《かんちが》いしたらしい。それにしたって、その態度はどうかと思うが。

両手が段ボールで塞《ふさ》がっていた俺は置かれた紙幣を手に取ることも出来ずに、自分より背の低いそいつを見下ろす。すると後ろからばたばたと見知らぬスタッフが走り抜《ぬ》けていった時に、紙幣がふわっと床《ゆか》に落ちた。

「何してんだよ、とろいなぁ。さっさと拾えよ」

そいつがそう言って足下《あしもと》の紙幣を顎《あご》で指す。

「使えねー」

背後からやってきた別のメンバーがそいつの肩にもたれかかりながらそう口にする。

「早くしたほうがいいよ、こいつ怒《おこ》らせると手付《てつ》けられないから」

けらけらと笑いながら、別のメンバーが足下の紙幣を靴先で蹴《け》る。

つきあってやるのも面倒《めんどう》で、面識のあるこいつらのマネージャーを呼ぼうとしたら、びしゃっと足下に茶色の液体が飛んだ。

顔を上げると空の紙コップを手にした藤谷が立っていた。

「っ、てめぇっ」

先ほど俺に紙幣を渡《わた》した男が、藤谷にコーヒーを掛《か》けられて怒鳴《どな》る。傍《かたわ》らにいた別のメンバーの白いシャツにもコーヒーの染《し》みがついていた。

「お前らなんかが充に話しかけてんじゃねーよ」

藤谷は手の中の空になった紙コップを、男の胸元《むなもと》辺りに投げつける。

「ふざけんな、その自慢《じまん》の顔ぼこぼこにしてやる」

紙コップが廊下《ろうか》に落ちるよりも早く、メンバーの一人が藤谷に殴《なぐ》りかかる。

「きゃー！」

どこからか女の悲鳴が聞こえて、俺は咄嗟《とっさ》に藤谷を庇《かば》うように二人の間に割って入る。放《ほう》り投げた段ボールががしゃんと音を立てて廊下に落ちるのと、俺が藤谷のバンドのメンバーに殴られるのはほぼ同時だった。

「っ」

歯を食いしばる暇もなく頬を殴られて、口の中に血の味が広がる。痛みに顔を顰《しか》めて殴られた場所を手で抑《おさ》えた。思わず歯を噛《か》みしめて、折れていないかどうか確認《かくにん》してしまう。

殴られた事に怒《いか》りを感じるより先に、俺を殴ったメンバーに摑《つか》みかかっている藤谷を宥《なだ》めなきゃならなかった。取っ組み合いになっている二人のうち、藤谷を引きはがす。もう一人の方は別のメンバーが羽交《はが》い締《じ》めにした。

それでも俺の腕《うで》の中から逃《のが》れようともがく藤谷にむかって、慌《あわ》ててやってきたマネージャーが「いい加減にしなさい！」と怒鳴る。

「うるせーよ、ババァ！　わめいてんじゃねーよ！」

興奮している藤谷の怒鳴り声が耳に痛い。声量に感心してる場合じゃないが、これなら舞台《ぶたい》でも充分《じゅうぶん》いけそうだ。

「こんなことするなんて何考えてるの！」

こんなこと、というのはメンバーに対してコーヒーをぶちまけたことらしい。

「ふざけんな、悪いのはそいつだろうが。あんた何見てたんだよ!!」

怒りに任せて怒鳴った藤谷をマネージャーは睨《にら》み付けて、それから俺を見てはっと息を飲むと、土下座でもしかねない勢いで頭を下げる。

「私の監督《かんとく》不行き届きのせいで、本当に申し訳ございませんっ」

自分の母親とそう変わらない年齢《ねんれい》の人が目に涙《なみだ》を溜《た》めて俺に謝罪した。俺を殴った男はそれを見て、流石《さすが》に俺がスタッフではないことに気付いたようだ。

いつの間にか周りに人が集まっていて、男はばつが悪そうな顔で「放せよっ」とメンバーに言うと、まだ自分を睨み付ける藤谷や自分のために謝るマネージャーを無視してロビーから外へ出ていく。

「うわっ、何やってるんですか井川さん！」

騒《さわ》ぎを聞きつけてやってきたのか、俺のメイクを担当してくれているスタッフがぎょっとしたような顔で近づいてくる。

「もー、髪崩《かみくず》れてるし口の端切《はしき》れてるじゃないですか。この後撮影《さつえい》あるのに…」

非難めいたスタッフの声を聞いて、もう一度藤谷のマネージャーが謝る。

いつの間に来たのか、プロデューサーと監督がここにいない下村の代わりに藤谷のマネージャーと藤谷に抗議《こうぎ》する。

「俺は大丈夫《だいじょうぶ》ですから」

そう言った俺を見て矢代監督は首を振《ふ》りながら「お前は大丈夫でも仁は大丈夫じゃないだろ」と言う。そう言われてしまうともう何も言えない。黙《だま》った俺の腕を鹿山が引いて楽屋の方に歩き出す。

「手当てしましょう。早く冷やした方がいい」

藤谷のことが気になったが、撮影に影響《えいきょう》してしまうので手当てを拒《こば》むこともできずに大人《おとな》しく楽屋に戻《もど》る。放り投げてしまった段ボールの中身は大丈夫だったのだろうかと心配しながら、スタッフが持ってきた救急箱を開ける。

切れた口の端を消毒液に浸《ひた》したガーゼで拭《ぬぐ》うと鹿山は冷湿布《れいしっぷ》を適当な大きさに切って、俺の頬に貼《は》る。右頬のほとんどに湿布が貼られた俺は、さぞ間抜《まぬ》けに見えるんだろうなと思った。

サクラ辺りに見られたら、また馬鹿《ばか》にされそうだ。

「俺だったら、先輩《せんぱい》のことこんな目に遭《あ》わせない」

「え？」

ぽつりと呟《つぶや》いた鹿山の言葉の意味が分からずに視線を向けると、衝撃《しょうげき》的な言葉が返ってくる。

「あのガキと先輩、なんかあったでしょう？」

聞くというよりは確認するように鹿山は口にした。

「そういうの分かるんです。俺、先輩のことずっと見てきたから」

鹿山は眉根《まゆね》を寄せて、俺の怪我《けが》をした頬に手を当てる。

「同じ男でもいいなら、あんな奴《やつ》じゃなくて俺にしてくださいよ」

囁《ささや》くような声で言った鹿山は驚《おどろ》く俺の目をまっすぐ見た。

「それ、本気で言ってるのか？」

今まで鹿山が俺をそんな風に思っているなんて、考えたこともなかった。

「本気に決まってる」

真剣《しんけん》な顔で言う鹿山に俺は首を振る。

「悪い。俺はお前のことそういう対象で見られない」

藤谷に告白された時よりも違和《いわ》感を感じてそう答える。藤谷に告白された時は思い出さなかったのに、鹿山に告白されたら、女装して出た舞台で男性の共演者に誘《さそ》われたことを思い出した。あの時に感じた気まずさと困惑《こんわく》が、鹿山を見ていると蘇《よみがえ》ってくる。

決して鹿山のことは嫌《きら》いじゃないが、その気持ちを受け入れることはできないと感じた。

「なんでですか？　あんなガキでもいいなら、俺でもいいじゃないですか」

「無理だ」

鹿山はその整った顔を崩《くず》して、泣きそうな顔をした。

「もしかして、先輩はあいつに本気なんですか？」

そう言われて、俺は初めて自分が藤谷と鹿山の気持ちを区別して考えていることに気付く。何が違《ちが》うのかうまく説明ができないが、俺は鹿山を抱《だ》くことはできない。藤谷の気持ちも鹿山の気持ちも受け入れられないと考えているのに、藤谷を抱くことはできた。その違《ちが》いがどこにあるのか分からないけど。

「俺は諦《あきら》めませんから。あのガキよりも、俺の方が先輩のこと好きですから」

そう言って鹿山は楽屋を出ていく。

その後ろ姿を見ながら、俺はややこしいことになったとため息を吐《つ》いた。


昨日殴られた時の腫《は》れが引かず、撮影が出来ないので仕方なく家で時間を潰《つぶ》す。最近忙《いそが》しくてできなかった掃除《そうじ》をして、一週間ぶりにパソコンを開いて溜《た》まっていた知り合いからのメールに返信する。

事務所には一応昨日の夜に下村を通して報告をした。下村は既《すで》に藤谷のマネージャーから話を聞いていたようで、驚きはしなかった。

『殴られた方で良かったです。殴った方だったら大変でした』

いつもと同じくのんびりとした声でそう言っただけで、それ以外に特に何も言わない。現在下村は俺のことよりも、別に担当している新人子役の世話でいつも手一杯《いっぱい》のようだ。基本的に俺は下村に限らずマネージャーに終始側《そば》に居られるのは好きじゃない。でも今回のようなトラブルが起きると、直接自分が動かずともマネージャーが動いてくれるので助かる。

下村のようにスケジュール管理と契約《けいやく》業務の代行やこういった事務所同士の話し合いだけをしてくれるマネージャーの方が楽でいい。他《ほか》のタレントから見たら、恐《おそ》らく下村のようなマネージャーはマネージャーとして失格なんだろうけど。

「結構まだ痛いな」

ぴりぴりと痛む右の口角に手を当てる。

口の中も切ったせいで、熱いものを食べるたびに沁《し》みる。とりあえず湿布は朝起きて取り替《か》えた。家でただ時間を過ごすのも勿体《もったい》なくて、午後になってから買い物に出掛《でか》ける。

よく行く店で入荷《にゅうか》したばかりだという靴《くつ》とジャケットを買って、出来たばかりの窯《かま》焼きピザの店でマルガリータを食べていると、仕事用の携帯《けいたい》に見知らぬ番号から着信があった。

プライベート用の携帯なら見知らぬ番号に出たりしないが、仕事用となるとむしろ見知らぬ番号からの方が多い。休日の電話を鬱陶《うっとう》しく感じながらも、急用だと悪いので出る。

『いつもお世話になっております。ガドのマネージャーの横須《よこす》ですが…』

「はい」

昨日俺に頭を下げた藤谷のマネージャーだ。

「どうも」

まさか俺の携帯番号を知っているとは思わなかった。鹿山か藤谷に聞いたのか、それとも別ルートからだろうか。どちらにしても用件だけ聞いてさっさと切ってしまおうと思っていると、昨日の謝罪の後で「実はお願いがあるんです」と切り出された。

「え？」

意味が分からずに問い返す。謝罪のためにかけてきたんじゃなかったのかと驚く。さすが業界最大手の事務所の人間はやることが違う。

『昨日の一件で京がバンドをやめると言い出しているんです。それで井川さんとは仲良くさせて頂いているようですし、京のこと説得して頂けないかと思いまして』

どの面《つら》下げてそんなこと言っているのかと、思わず苦笑《くしょう》した。

『あの子今日のレコーディングを放って、家にこもってるみたいなんです。私が行ってもドア開けてくれなくて…。でもあの子は井川さんのことが大好きですから、井川さんから説得されれば考え直してくれると思うんです。お願いします』

その声には藤谷のことを思いやる心情が表れていた。だけど普通《ふつう》そんなことを俺に頼《たの》むだろうか。常識的に考えればありえないだろうと、怒《おこ》るよりもむしろ呆《あき》れる。

「よく俺にそんなこと頼めますね」

『申し訳ありません。ですが、井川さんでなきゃあの子のこと、説得なんてできません。どうかお願いします』

何故《なぜ》俺に頼《たよ》るのだと言いたいが、俺も藤谷のことは気になった。

「分かりました。話だけはしてみます」

そう言うと再び感謝される。通話を切ってから手帳の後ろに入っている路線図を見た。ここからだと地下鉄で何度か乗り換《か》えるはめになる。直線距離《きょり》はそんなに遠くないから、タクシーを使ったほうが早そうだ。

食事を終わらせてから、俺は通りでタクシーを拾って乗り込む。行き先を告げた後に藤谷に電話をしようかとも思ったが断られる気がして、結局アポも取らずに藤谷のマンションに向かった。

このマンションは出入り口でわざわざ住人を呼びだして、ロックを解除して貰《もら》わないと入れない。車を降りるとちょうど住人が入っていく所だったので、一緒《いっしょ》に自動ドアをくぐる。

管理人室の前を通ってエレベータに乗り込むと、住人はちらりと俺を振り返ったが特に何も言わないので、俺は自分で勝手に藤谷の部屋がある階のボタンを押した。

エレベータはすぐに停《と》まって、俺は足早に降りて藤谷の部屋の前まで行く。

インターフォンは押さずに携帯で藤谷に電話する。何度かコールした後で藤谷が出た。

「俺だけど、今家にいるか？」

『……充？』

「ドアの前に来てる。開けろ」

そう言うと、藤谷は考えるように沈黙《ちんもく》した後で通話を切る。数秒してからガチャリと鍵《かぎ》が解除され、ドアが開けられた。そこに立っていた藤谷は俺を見ると「昨日はごめん」と子どもみたいにしゅんとしながら謝る。

「とりあえず中に入れろ」

藤谷は体を引いて俺を中に通す。収入の規模が違うのだから当たり前だが、いつも来るたびに藤谷の家の広さは無駄《むだ》だと思う。使っていない部屋が二部屋もあるのだから、もっと家賃の安いところに引っ越《こ》せばいいのにと、他人事《ひとごと》ながらいつも思ってしまう。もっともセキュリティや交通の便の関係でここに住んでいるのかもしれない。それにガドのボーカルとしてのイメージもあるだろう。

俺はいつものように勝手に藤谷の家のソファに座る。部屋の中のものは黒で統一されているから、当然このソファも黒い革張《かわば》りだ。インテリアや生活必需品《ひつじゅひん》は全《すべ》て引っ越して来る前からそろっていたと言っていたから、恐らく藤谷の趣味《しゅみ》ではないのだろう。

「バンド辞《や》めるって騒《さわ》いでるんだって？」

キッチンで何かやっていた藤谷は「もしかして横須から聞いたのか？」と口にする。

「俺のこと説得しろとでも言われた？」

「ああ」

「あのババア何考えてんだろうな。昨日の今日で、よくそんなことできるな。本当にうちの事務所って最悪……。充にはもう、充分迷惑《じゅうぶんめいわく》かけてんのにな」

疲《つか》れたような声で藤谷が言いながらコーヒーの入ったカップを俺の前に置くと、俺の隣《となり》に一人分の間を空けて座る。

「昨日監督《かんとく》とプロデューサーから抗議《こうぎ》されてさ、うちの上層部にも昨日のことで話が行って、事情聞くために俺やメンバーが専務に呼ばれたんだ。いい機会だからそこでバンド抜《ぬ》けさせてくれって頼んだ」

俺は藤谷が淹《い》れてくれたコーヒーに口をつける。

「もともと合ってなかったんだよ。俺、こういうのやりてーわけじゃねーし」

そう言って藤谷はテーブルの上に置いてあった透明《とうめい》なケースに入ったCDを、カシャンと壁《かべ》に立てかけられたギターの方に投げる。

「化粧《けしよう》して着飾《きかざ》って、くだらねー歌を歌いたかったわけじゃねーんだよ。デビューだって本当は、インディーズのころから一緒にやってきたメンバーとするはずだったんだ。顔が良いだけでろくに努力もしない、あんな下手《へた》くそ連中とこれ以上組んでられない」

藤谷は一通り、メンバーへの愚痴《ぐち》を言った後に「契約が切れたら、うちの事務所もさっさと辞めて、充のところで役者になる。音楽活動は元の仲間ともう一度インディーズでやる」と続ける。

俺は飲み終わったコーヒーのカップをテーブルの上に戻《もど》して、あまりにも馬鹿馬鹿《ばかばか》しくなって、来たことを後悔《こうかい》した。

こいつは体育倉庫で主役なんて辞めると言った時と何も変わっていない。嫌《いや》になって投げだそうとしているだけだ。

「要するにお前は逃《に》げたいんだな」

「え?」

「お前の考え方は甘い。そんな風に考えてるなら、どこの世界だって無理だ」

俺は立ちあがって、ギターの前に投げ出されたCDを藤谷の前に置く。

「これを作るのにどれだけの人間が動いているのか知っていて、こんな風に粗雑《そざつ》に扱《あつか》うやつと組んで仕事をするのはバンドのメンバーだって嫌だろうな」

「なんであいつらの方庇《かば》うんだよ。充の顔殴《なぐ》ったのはあいつらだろ」

理解できないというように藤谷が呟《つぶや》く。

「庇ってるわけじゃない。だけどお前が自分たちのバンドを嫌《きら》ってることは、きっとあいつらにも伝わってるんだよ。だからあいつらがお前に突《つ》っかかるんだ」

川添たちも同じだろう。藤谷が自分たちを馬鹿《ばか》にしていることを知っているから、それでいて結局藤谷に敵《かな》わないのも知っているから、あんな風に藤谷に対して子供じみた苛立《いらだ》ちをぶつけてくるんだろう。

「あいつらに諂《へつら》ってバンド続けろっていうのかよ。あんたのこと馬鹿にして殴った下手くそな奴等《やつら》と仲良く歌ってろっていうのかよ」

「それはお前が決めればいい。俺は別に説得しに来た訳じゃないからな。ただお前がバンドを辞める理由に俺を引っ張り出すなって言ってるんだ。メンバーが俺を殴ったから辞めるなんて、人を言い訳にするな」

こいつを売り込むために事務所がどれだけ金をつぎ込んだかなんて、こいつは考えてもいないのかもしれない。元金を回収しないうちにこいつに辞められちゃ事務所も堪《たま》らないだろうが、それは光樂《こうがく》の都合だから俺はわざわざ言う気もない。それに褒《ほ》められるようなことばかりやってきた事務所じゃないってことは、俺もよく分かっている。こいつからすればそういう卑怯《ひきょう》な手口は耐《た》えられないんだろう。だから俺はこいつが事務所を辞めたいということにも、バンドを辞めたいということにも反対するつもりはない。

だけど人を逃げるための口実に使うのは我慢《がまん》できない。

「充っ」

帰るためにソファから立ちあがったところで、藤谷が俺の腕《うで》を摑《つか》む。

「俺のこと、呆れた？」

縋《すが》るような目で藤谷がそう聞いてくる。

「正直な」

その一言で、藤谷の顔が傷ついたように歪《ゆが》む。

「俺のこと、また嫌いになる？」

藤谷が眦《まなじり》を下げて頼りない顔で見上げてくるから、それ以上きついことを言うこともできなくなる。

「またって、別に嫌ったことなんてないだろ」

藤谷はそれを聞くとほっとしたように息を吐《つ》いた。

それから俺が逃げないか気にしながら、俺の腕を抱《だ》き込んだ。

「だってすげーむかついたんだよ。あいつが充のこと殴った時、俺……頭に血が上って」

「わかったから」

頭を撫《な》でてやると落ち着いたのか、俺の腕を掴む力が少しゆるんだ。それでもまだ離《はな》してくれそうにない。

「バンドのこと…確かに逃げようと思ってたのかもしれない。周りに引き留められるのなんて分かってたから、俺…甘えてただけかもしれない」

充が引き留めてくれるのも、期待してたのかもしれないと藤谷は言った。

「もう少し頑張《がんば》ってみる。仲良くはなれなくても、努力してみる」

「そうか」

結果的にこいつのマネージャーの思うつぼになってしまった気もするが、こいつにとって今の時期にバンドを抜けるのはマイナスにこそなれ、プラスにはならないだろう。

「充に呆《あき》れられないように頑張る」

ポイントは結局そこなのか。なんだか分かっているようで分かっていない気がするが、今はまだそれでもいいだろう。とりあえず、今回の騒ぎは治まったんだから。

抱きしめられた手を引きはがすタイミングを探していると「すげー嬉《うれ》しい」と藤谷が口にする。いったい何のことだと思っていると、笑《え》みを浮《う》かべた顔で藤谷が俺を見た。

「前は俺が何言っても怒《おこ》りも笑いもしなかったのに、共演してから充が怒ってくれる」

「どういう意味だ？」

「だって前は俺がどんなに嫌な事言っても、嫌な事しても呆れたような顔ぐらいしかしてくれなかったじゃん。充って、興味ない奴《やつ》にはいつもそういう顔してるから、充にこうやって怒られるのが嬉しい」

構って欲しくてわざと悪戯《いたずら》を繰《く》り返す子どものようだ。呆れるを通《とお》り越して、なんだか可愛《かわい》く思えてくる。

「あー……」

こいつのことを可愛いと認めたら、鹿山と藤谷の違《ちが》いが分かった。凄《すご》く簡単なことだ。

もしかしたら最初から分かっていたのかもしれない。

「どうかしたのか？」

低い声を出して片手で口元を押さえた俺を見て、藤谷が驚《おどろ》いたように顔を覗《のぞ》き込んでくる。

その色素が薄《うす》い琥《こ》珀《はく》色の瞳《ひとみ》を見ながら、自分が弾《はじ》きだした答えが正しいことを再確認《かくにん》した。

俺はこいつに欲情できるけど、鹿山にはできない。すごく単純だけど、この問題の本質だ。

それが分かった瞬間《しゅんかん》、藤谷が無邪気《むじゃき》に触《ふ》れてくるのがまずい気がして、その体を押しのける。

こいつのことを抱けると知っているからまずい。気持ちもないのにまた一線を越えてしまいそうになる。

「悪い、俺用事思い出したから」

このまま近くにいたらまずい。越えないつもりの一線を飛び越えたくなりそうだ。

「用事って、もう帰るのかよ」

全身で寂《さび》しい、と訴《うった》えるように俺を見た。そんな子犬のような眼《め》をされると困る。

心の中で渦巻《うずま》く感情に明確な名前をつけるべきじゃなかった。それが肉欲だと自覚した途端《とたん》欲しくなってしまう。一度だけ触《さわ》った体の感触《かんしょく》が蘇《よみがえ》る。

最近はあまり女を抱いてなかったせいかもしれない。とりあえず、家に帰ってから後腐《あとくさ》れのない女友達を呼び出そう。欲求不満が解消されれば、この衝動《しょうどう》的な欲求は消えるはずだ。

「お前だって仕事だろ」

「横須にはさっき今日と明日で一日やるから考え直せって言われた」

昨日の今日で休みを組めるマネージャーが羨《うらや》ましい。さすが光樂だ。腕の良いマネージャーをそろえている。

「本当に帰るのかよ？」

行かないでと言わないところがこいつらしい。

――やばい、そんなところをまた可愛いと思ってしまった。

俺はわざとらしく携帯《けいたい》を取り出して、来てもいないメールを見る振《ふ》りをする。

「ちょっとぐらいなら、つきあってやれる」

そう答えると、藤谷はまた嬉しそうな顔をする。

俺の言葉や態度で藤谷の雰囲気《ふんいき》がくるくると変わる。ポーカーフェイスというか、感情が表に出にくいタイプのせいか、表情自体に変化はあまりないけどそれでも瞳に宿る感情は雄弁《ゆうべん》だ。

持ってる雰囲気を全部眼に宿せるなんて、伝説の歌舞伎《かぶき》俳優みたいだ。本人は無自覚なんだろうけど、それを演技で活《い》かせたら凄い役者になるだろう。

「これ、お前の新曲？」

先ほど俺が拾ったCDに手を伸《の》ばすと、藤谷は「プロモ」と短く答える。よく見ると、CDではなくDVDだと分かった。

「本当はまだ持ち出し厳禁なんだけど、横須が良い出来《でき》だから見ろって昨日寄越《よこ》したんだよ。見てバンドを辞《や》めるのを考え直せってことなのかもしれねーけどさ」

結局見てない、と藤谷は言う。

「見て良いか？」

そう聞くと藤谷は眉根《まゆね》を寄せて「いいけど、すげー変なカッコして気持ち悪いことしてるだけだ」と答える。

藤谷の言う変なカッコというのは、黒いファーやレザーを着ることだ。派手なブーツに着けすぎのアクセサリーを藤谷は嫌っているらしい。だからといって、似合わないわけじゃない。

変なカッコは想像がつくが、気持ち悪いことっていうのが気になった。

藤谷は俺の手からDVDを受け取るとレコーダーに差し入れて、リモコンを大型の液晶《えきしょう》画面に向ける。まだ制作段階らしく楽曲名とバンド名などが簡単に表示される。

「たぶん詰《つ》まんないと思うけど」

だけど、光樂が売り出し中のバンドに下手《へた》なPVを付けるわけがない。制作費だってかなりかけているはずだ。

肝心《かんじん》のPVはセピアの画面で始まった。それから光がスパークして、荒廃《こうはい》したビルの間に藤谷が一人で立っている姿が映される。

「長崎《ながさき》にある有名な廃墟《はいきょ》の島で撮《と》る予定だったんだけど、色々手を回しても撮影《さつえい》許可が下りなくて、仕方ないからセット組んでCGで補完したんだ。望遠部分の背景は実際ロケで撮って合成したんだけど、そのせいで思ったより時間がかかってまだ完成してないんだ」

藤谷が崩《くず》れた瓦礫《がれき》の中から一枚の古ぼけた写真を取り出した瞬間、セピアだった画面がカラーに替わる。同時に無音から、いきなりドラムとギターの迫力《はくりょく》ある音がスピーカから流れだす。

藤谷はなんの感慨《かんがい》もなく見てるが、カメラワークには苦労の跡《あと》が見て取れるし合成部分もうまい。特殊《とくしゅ》効果は多いが、それでもごちゃごちゃした印象はなかった。

見入っていると不意に画面が替わる。曲の繋《つな》ぎの間に廃墟になる前の近代的な街の様子が映された。その街の中で藤谷曰《いわ》く、変なカッコをして豪遊《ごうゆう》するメンバーが映される。それから黒い蛇《へび》と白い蛇が絡《から》み合う映像と交互《こうご》に、上半身裸《はだか》の藤谷の体に後ろから男が手を伸ばしていやらしく触る映像が流れる。

藤谷は映像の中では相変わらずつまらなそうな顔をしている。その背後の男の顔がちらりと映った。そいつはこの間俺を殴《なぐ》ったバンドのメンバーだった。

「気持ち悪いだろ」

藤谷が淡々《たんたん》と言う。撮影のときのことを思い出したのか、もの凄く嫌《いや》そうな顔をする。

男の手が藤谷の脇腹《わきばら》を掠《かす》めて鎖骨《さこつ》に這《は》う。その瞬間《しゅんかん》藤谷が流し目をするようにカメラを見た。

――ぞくりとした。

視線で誘《さそ》う。それも、媚《こ》びるような眼じゃない。挑発《ちょうはつ》するような、馬鹿《ばか》にするような、侮蔑《ぶべつ》にも誘惑《ゆうわく》にもとれるその眼に不覚にも見惚《みと》れる。この映像を撮った時に、藤谷が誰《だれ》とも体の関係がなかったなんて、こんな眼を見せられたら誰も信じないだろう。

「男同士でべたべたしたって、見てる方もやる方も気持ち悪いだけなのにな。この監督《かんとく》最悪だよ」

「いや、そんなことない。誰が作ったのか興味あるな」

あえて藤谷とメンバーの、どこか淫靡《いんび》なものを連想させる映像は無視してそう答えた。再び藤谷の歌が始まると、先ほどの映像は消える。消えたことにほっとした。

知らず知らず自分の組んだ指に力が入っていたのに気付いて、指を解く。苛々《いらいら》と嫉妬《しっと》を感じて、そんな自分に戸惑《とまど》う。殴られた時よりもあの男に腹が立つ。

藤谷が気持ち悪いこと、というシーンはそこだけだった。ラストは映写機のフィルムが焼けて穴が空くように、PVの最初に藤谷が手にした写真が燃えていく映像で終わっていた。

ともすれば陳腐《ちんぷ》になりそうなのに、うまく纏《まと》まっている。

「充？　もしかして怒ってるのか？」

「なんで？　怒ってないよ」

藤谷の指摘《してき》に、知らず知らずに握《にぎ》っていた掌《てのひら》を開いた。

「なら、いいけど」

表に出すつもりのなかった感情を藤谷に指摘されたことに戸惑いながら、前に笑顔《えがお》を偽物《にせもの》だと見破られたことを思い出す。

なんで藤谷にばかりばれるのか不思議だ。

自覚した気持ちまで見抜《みぬ》かれては困るから、仕事以上に気を遣《つか》って何でもないふりを演じる。

その後、一時間ほど藤谷の家で過ごしてから自宅に戻《もど》った。

家に着く頃《ころ》には女を呼び出して抱《だ》く気なんてとっくに失《う》せていた。らしくもなく部屋の中で一人ため息を吐《つ》いて、拷問《ごうもん》のような一時間を耐《た》えきった自分を密《ひそ》かに褒《ほ》める。

あいつのPVなんて見なきゃ良かった。自覚しなくてもいいことを自覚してしまった。ただの欲情なら嫉妬なんてしない。あいつの肌《はだ》を誰にも触れさせたくないなんて、それはきっと執《しゅう》着《ちゃく》を伴《ともな》った恋情《れんじょう》なんだろう。

――一体、いつの間に落とされたんだろう。

十二月の寒い日に映画の制作発表がいつも使っているスタジオで行われ、それが午後のニュースで放映された翌日にはもう学校全体がその噂《うわさ》で持ちきりだった。

芸能科の連中のほとんどは知っていたが、一般《いっぱん》まではまだ知れ渡《わた》っていなかったので、藤谷や俺は廊下《ろうか》を歩くたびに「がんばってください」とか「絶対見に行きます」と見知らぬ女子に声を掛《か》けられる。

二、三日は大体そんな感じだった。いつもばれないから油断していたら、校門を出たところで出待ちしていた藤谷ファンの子たちに気付かれて、慌《あわ》てて引き返すはめになった。

普通《ふつう》のファンよりも藤谷のファンはバイタリティーのある子たちが多いせいか、俺でさえ危機感を覚える。

それでも一週間ぐらい経《た》てば学校の中はいつもと変わらなくなった。見知らぬ女子に話しかけられることもあまり無くなる。今みんなが注目しているのは、中等部に通っているアイドルが、大物プロ野球選手の隠し子《かくしご》だという噂だ。

その子には気の毒だが周囲の興味が逸《そ》れたので助かった。これで学校で台本を読んでいても後ろから覗《のぞ》き込まれる心配がなくなった。もっとも、読んでいるのは映画の台本ではなく、舞《ぶ》台監督《たいかんとく》を目指す友人の書いた練習作なのだが。

「ちょっと、学校でまで仕事するのやめてよね」

いきなりそう声をかけられて振り返ると、隣《となり》の席の女子が俺の台本を指さしている。最近は彼女も多忙《たぼう》のようで、目元には隠しきれない疲《つか》れが見えた。元気が売りのアイドルだから、学校ぐらいでしか疲れた顔を見せられないのだろう。

「俺の勝手だろ」

「もう思い出したくないのよ、仕事のことなんて。今日はパァーッと学校で勉強しようと思ったのに」

「学校で勉強することのどこがパァーッとなんだ？」

普段《ふだん》芸能活動をメインにしていると、たまの学校が息抜《いきぬ》きになるらしい。演技をすることは大好きだし、将来もこれで食っていこうと思っている。でも、ここまで感覚が狂《くる》ってしまうほど仕事をしたいとは思わない。

「でもいいわ、藤谷君に免《めん》じて許してあげる。今日会えるなんて思わなかったから、すごく嬉《うれ》しい」

「良かったな」

「ね、藤谷君と充って仲良いわよね？」

「共演者だからな」

「この間の制作発表で藤谷君が言ってた好きな子って誰？」

彼女の言葉に先日の制作発表記者会見を思い出して頭痛を覚える。映画の紹介《しょうかい》が終わり、スタッフや出演者のコメントが終わったところで、記者から色恋《いろこい》に関する質問が藤谷に向けられた。

『今回共演された岬さんと、プライベートで恋愛《れんあい》に発展する可能性はありますでしょうか？』

サクラが前回出演したハリウッド映画の完成発表で相手役の有名俳優が「プライベートでも情熱的な恋愛に発展する可能性を期待してる」と言ったことを踏《ふ》まえて、笑いを狙《ねら》った記者が藤谷にそう質問したのだ。

それを知らなかった藤谷は正直に「他《ほか》にどうしても好きな人がいるので、岬さんとの恋愛は考えられません」といつもの無気力な顔で答えた。

あのとき壁際《かべぎわ》に立っていた藤谷のマネージャーの顔から笑みが消える瞬間《しゅんかん》を、俺は偶然目撃《ぐうぜんもくげき》した。

「知るかよ」

今まで浮《う》いた話のなかった藤谷の爆弾《ばくだん》発言の余波は想像以上で、俺も学校で何度か同じ質問を受けた。

「あたし、実はその好きな人って見当ついてるんだよね」

にやにや笑いながら口にする。確信的な瞳《ひとみ》に見つめられて背中に嫌な汗《あせ》を掻《か》く。

「その、好きな人ってさ、もしかして…あたしじゃない？」

「………なんで、そう思うんだ？」

「え、だってさー…あたしが充と話してるといつも藤谷君嫌そうな顔でこっち見るんだよ？興味なさそうにしてる藤谷君がそんな顔するのって、あたしが充と話してるときだけだし」

両手を口に当てながら「どうしよう〜」と嬉しそうな悲鳴を上げる。

「うちの事務所そういうの厳しいし、あたし束縛《そくばく》とか嫉妬とか苦手だし。困るなぁ」

全然困っているようには見えない。

「お前って幸せな女だな」

いろんな意味で。

「えー幸せってほど幸せじゃないよ？　モテすぎるのも大変だし。ふられるよりもふるほうが辛《つら》いしさー。やっぱり、嬉しいけど困るよ」

その思考回路が幸せすぎて羨《うらや》ましい。

ふいに視線を感じて藤谷の方を見る。藤谷は不機嫌《きげん》そうな顔で俺達を見ていたが、目が合うと戸惑ったように顔を逸らす。これ以上勘違《かんちが》いをする女子を増やさないためにも、後で撮影《さつえい》の時にでも注意しておかなければならないと思った。

隣の席の女子じゃないが、想《おも》われるのは嬉しいけど困る。

そんな風にされると、藤谷の気持ちに応《こた》えるつもりがなくても応えてやりたくなってしまう。

――しっかりしろよ、俺。

男同士でつきあってどうするんだ。どうせ藤谷も気の迷いだ。刹那《せつな》的な思考に流されるな。

そんなことを呪文《じゅもん》のように何度も心の中で繰《く》り返す。

途中《とちゅう》で早退した藤谷と違《ちが》って、俺は最後まで授業を受けてから直接ロケ現場に行った。

今日のロケは水道橋の外れにある定休日のラーメン屋で行われる。創業五十年の年季の入った店構えや店内は小汚《こぎたな》いと言えなくもないが、美味《うま》い店としてラーメン通の間では有名らしい。

俺が衣装に着替《きが》えてから店のドアを開けると、スタッフがエキストラにそれぞれ要点を伝えているところだった。素人《しろうと》ではなくプロのエキストラなので向こうも慣れたものだ。

「よろしくお願いします」

そう声を掛けて彼らの横を通り過ぎ、カウンターの中でラーメン屋の店主と話している監督《かんとく》に近づく。

今回ラーメン屋の店主の役は本物が演じてくれるらしい。エキストラへの演技指導を頼《たの》んだところ、店主から「湯きりにしたって、包丁にしたって、素人が玄人《くろうと》ぶったってダメだ。ちょっと齧《かじ》った連中なら、そんなのすぐに見抜いちまうよ」と言われたために、本人に出て貰《もら》うことになったと監督から聞いた。

「藤谷君来ました」

入り口の方でスタッフの一人がそう言うと、監督は話をやめて引き戸の方を見た。

監督は藤谷が来たのでようやく仕事に取りかかれるとばかりに、店主との雑談をやめて俺達に簡単な指示を与《あた》える。

「あんまり食べなくていいからね」

俺と藤谷にだけ聞こえるような小さな声で監督はそう囁《ささや》いた。藤谷は不思議そうな顔をしているが、俺にはその理由が分かる。

このシーンは凪と仁がお互《たが》いの推理を披露《ひろう》する場面だ。ラーメンをすすりながら「ルミノール反応が検出された」「線条痕《せんじょうこん》が一致《いっち》しない」「死亡推定時刻から予想される犯行時刻のアリバイは完璧《かんぺき》だ」「胃の内容物からの死亡推定時刻は湿度《しつど》と温度で簡単に狂う」などとお互いが見つけた糸口を潰《つぶ》し合うような会話を繰り返す。その二人の会話を聞いて怪訝《けげん》な顔で眉根《まゆね》を寄せる女店員や、無言で二人の横から椅子《いす》一個分ずれるサラリーマンをエキストラが演じる。

最後にラーメンを啜《すす》り終わった仁が、思いついたようにぽつりと新しい推理を口にする。それを聞いた凪は仁の推理を検証するために仁を促《うなが》してラーメン屋を出る。

難しいシーンじゃないが、食事をしながら演技をするシーンは思いの外大変なものだ。何せ、リテイクの度《たび》に食べなければならないんだから。

おそらく藤谷はその辺りを分かっていないだろう。リハーサルの時には食べるマネだけだったが、本番が始まって実際にラーメンに口を付けて、藤谷は食べながら演技をすることの難しさに気付いたようだ。

咀嚼《そしゃく》が終わらないうちからセリフを喋《しゃべ》り、噎《む》せるのを見てテイクを重ねそうだと覚悟《かくご》した。

三度目のテイクの後に、どんぶりの中の麺《めん》が少なくなってきたのを見て、スタッフが店主に頼んで替《か》え玉《だま》を入れる。

「テイク四、スタート」

スタッフのかけ声に俺はスープを啜ってセリフを口にする。それに対して藤谷がセリフを口にするが、その間が空きすぎていてリテイクだ。次のテイクではセリフの間に気を配りすぎて手元がおろそかになったので、また監督にカメラを止められる。

だんだんとラーメンの湯気が立たなくなってきたのを見て、スタッフの一人がお湯をどぼどぼと俺達のラーメンに注ぐ。それを見て店主は眉をひそめたが、最初のシーンでは湯気が出ていたのに途中で消えているなんて可笑《おか》しいので仕方がない。

今気付かなかったとしても、後でスクリプターに指摘《してき》されるだろう。スクリプターはそういう映画の間違《まちが》い探しが仕事なのだから。

お湯で薄《うす》められたまずいラーメンを我慢《がまん》して美味そうに食べて、次のテイクを撮《と》るがそれもNGだ。もう一度テイクを重ねる前に、監督が藤谷のそばに来て演技指導を行う。

「すごく上手《うま》くなってる。だからもう少し頑張《がんば》って」

指導の後に矢代監督が口にしたその言葉に俺は内心驚《おどろ》く。矢代監督はお世辞を言わない人だ。相手が大物だろうが小物だろうが、思ったままを口にする。お陰《かげ》で周りのスタッフはいつも苦労しているらしいが、それでもそれが矢代監督の魅力《みりょく》の一つだ。

その監督が「すごく上手くなってる」というぐらいなんだから、藤谷はようやく矢代監督に認められたんだろう。

「はい」

藤谷は嬉しそうに頷《うなず》いて、再びカウンターの席に座る。

次のテイクに入る前に、目の前にあったラーメンがいきなり店主の手でさげられた。流石《さすが》にさっきお湯をかけたことで怒《おこ》ったのかも知れない。職人肌《しょくにんはだ》で自分の作るものに誇《ほこ》りを持っているのなら怒るのも仕方ないことだ。

慌《あわ》ててスタッフが取りなすように近づいて来たが、何かを言う前にどんとカウンターに新しいラーメンが置かれた。

「そんなまずそうなもん、目の前で美味そうに食われちゃたまんねぇよ」

監督は「すみません」と小さく言って、俺と藤谷も礼を述べてから次のテイクに入った。伸《の》びた麵に味の薄いスープとは比べものにならない美味いラーメンを食べる。

そのテイクでようやくOKが出る。俺達がラーメン屋から出ていくシーンを撮り終わって、ここでのロケを終了《しゅうりょう》させた。けれど、先ほどつくって貰ったばかりのラーメンはカウンターの上に置かれた丼《どんぶり》の中に半分以上残っている。次のスタジオ撮影にも早く行かなきゃならないし、正直腹はもういっぱいだった。普段《ふだん》だったら店主に断って捨てて貰う。

しかし、藤谷は戻《もど》ってラーメンに箸《はし》を付けた。

迷惑《めいわく》そうな顔をするスタッフを無視してもくもくとラーメンを啜る。

「俺もいいですか？」

近くにいた矢代監督に尋《たず》ねると「スタッフが片づけ終わるまでならね」と答えた。

カウンターに戻って俺も食べかけのラーメンに口をつける。

「無理しなくてもいいぞ」

店主の言葉に藤谷は「美味いから勿体《もったい》ない」といつものぶっきらぼうな調子で口にする。

「そうかよ」

店主は嬉《うれ》しそうな顔で頷くと、洗い物をはじめた。

俺と藤谷が食べ終わる頃《ころ》には、もう既《すで》にエキストラも捌《は》け機材も店の中から運びだし終わって、撮影用に配置を変えたテーブルや椅子をスタッフが直しているところだった。

「ごちそうさまでした」

俺が頭を下げると、藤谷も軽く下げる。

店主は強面《こわもて》の顔に少しだけ笑《え》みを浮《う》かべながら「今度は定休日以外に客として来な。腹ぺこで食えばもっと美味いからよ」と言うので「是非《ぜひ》」と答えた。スタッフが今日の礼を述べているのを後目《しりめ》に、俺達は外に出てバスに乗り込む。

バスの中で藤谷は黙《だま》ったままだった。周りからしたらいつもと同じに見えるんだろうが、その表情がいつもよりも硬《かた》いことに気付く。平気なふりを装っているんだろうが、その程度の芝《しば》居《い》じゃ俺は騙《だま》されない。撮影所《さつえいじょ》についてからスタジオの準備が整うまで楽屋に居て良いと言われ、俺は自分の楽屋に入るときに側《そば》にいた藤谷も一緒《いっしょ》に引っ張り込んだ。

藤谷はドアが閉まると同時に「気持ち悪い」と口にする。

「あたりまえだ」

そんな細い体でラーメンを三杯分《ばい》も食べたら流石にきついだろう。

「寝《ね》てていいぞ」

そう言うと、藤谷は靴《くつ》を脱《ぬ》ぎ捨てて畳《たたみ》の上にごろんと横になった。俺はバッグの中のピルケースから白い錠剤《じょうざい》を二つ選んで、藤谷にミネラルウォーターのボトルと一緒に渡《わた》す。

「何？」

「胃腸薬」

「なんで持ってんの？」

「いいから飲んでおけ」

透明《とうめい》なピルケースの中には酔《よ》い止《ど》め、胃腸薬、鎮痛剤《ちんつうざい》、解熱剤《げねつざい》が入っている。

『常に言い訳は許されないってことを忘れちゃ駄目《だめ》よ。プロなら万全《ばんぜん》の体調であることは当たり前なんだから』

まだ駆《か》け出しの子役の時、ロケ先で熱を出して年輩《ねんぱい》の女優に薬をわけて貰った。その時に言われた言葉が未《いま》だに忘れられなくて持ち歩いているが、体調管理が出来るようになってからは自分自身で使うよりも、むしろこんな風に共演者に分けることのほうが多い。

「俺も次からそうする」

藤谷は錠剤を水で飲み込んで、横になったまま「おいしかったけどな」と呟《つぶや》く。

「確かに勿体なかったよな、捨てるの」

だけど俺だけだったら捨ててしまっていただろう。いつもそうだったから。それが当たり前だと思ってたし、仕方ないと思っていた。

でも藤谷が食べ始めたのを見て、自分の考え方が一方では正しくて一方では間違っていることに気付いた。きっと藤谷とは優先順位が違《ちが》うんだろう。

俺は撮影《さつえい》の都合を優先する考え方を知らず知らずのうちに身につけていて、藤谷は作り手の感情を優先する考え方を当たり前のように身につけている。

そういうところが、いいなと思った。そういうところは大人《おとな》だと思うが、一方で藤谷は昼間のような子供じみたこともする。

「お前、女子睨《にら》むなよ」

おかげで勘違《かんちが》いする奴《やつ》が出てきている。

「無意識だから知らない」

「インタビューでも迂闊《うかつ》なこと言うな」

「事実だから良い」

尚更《なおさら》悪い。

「ああいう迂闊なことというと、マスコミに追っかけ回されるぞ」

どうせ事務所が握《にぎ》りつぶすんだろうが、それだって金がかかる。あんまり不用意な発言ばかりしていると、藤谷の方が潰《つぶ》される。現在のガドの人気は事務所のマネジメント能力の成せる業《わざ》だ。それがなくなれば、消えるのは早いだろう。音楽業界は移り変わりの激しい世界だ。けれど今回の映画で結果を出せれば話は変わってくるだろう。

「充の名前はだしてない」

「ださないでくれ。頼《たの》むから」

名前なんか出されてたら、制作発表の記者会見じゃなくなってしまう。翌日のスポーツ新聞の見出しが頭に浮かぶ。

「しないよ。俺だってそれぐらいは分かってる」

そう言った後、藤谷は気分がまだ悪いのか体勢を変えて、腹に手を当てている。

「平気じゃない。でも……膝枕《ひざまくら》してくれたら、きっとすぐ治る」

甘えるような声で藤谷が口にする。

「そんなんで治るのか？」

見え透《す》いた嘘《うそ》をおかしく思いながらそう問いかける。

「治る」

藤谷は自信ありげに言い切って、あぐらをかくように軽く曲げた俺の足の上に頭を載《の》せる。自分からしたいと言い出したくせに、恥《は》ずかしいのか耳が赤くなっている。頬《ほお》の色は変わらないが、耳だけは素直《すなお》に心情を表していた。

「小さい頭」

足の上に感じる重さは大してない。陽《ひ》に焼けてないうなじに指で触《ふ》れたくなって、その欲求を封《ふう》じ込めるように拳《こぶし》をつくった。

それでも視線は白い肌《はだ》を辿《たど》る。襟《えり》に隠《かく》れた肌の先を見たいと思い、慌てて視線を逸《そ》らす。これ以上見ていたら藤谷に気付かれそうだ。

頭ぐらいなら触れてもいいかと、セットを崩《くず》さないように注意して藤谷の髪《かみ》の中に手を入れる。普通《ふつう》の触《さわ》りかたをしなくてはと考えて、ついこの間まで邪気《じゃき》もなく触っていた自分の手の動きを思い出しながら撫《な》でた。

そんなことばかり考えていたから、突然《とつぜん》ドアが開いた瞬間《しゅんかん》に俺は思わずびくりと硬直《こうちょく》した。

ノックもなく入ってきた鹿山は藤谷を見て、満面の笑みを一瞬《いっしゅん》で凶悪《きょうあく》なものに変えた。

「先輩《せんぱい》っ」

「てめぇ、何やってんだよ」

入ってきた鹿山が藤谷の胸元《むなもと》を摑《つか》む。それを藤谷が邪険に払《はら》った。

「触るな」

藤谷が鹿山に対して物怖《ものお》じせずにそう口にする。

ジャンルは違うとは言え、一応同じ事務所の先輩相手にとる態度ではないが、いきなり摑みかかってくる鹿山も鹿山だ。

「良い度胸じゃねぇか。ろくに演技もできないくせに」

「それでもあんたより稼《かせ》いでる」

言い合いがヒートアップしていくので、仕方なく「おい」と口を挟《はさ》んだが無視される。

「とりあえず先輩から離《はな》れろよっ」

「俺は充が好きだから離れない。見てるのが嫌《いや》ならそっちが出て行け」

馬鹿《ばか》にするように藤谷が舌を出す。

「俺だって先輩が好きなんだよ。お前よりもずっと前からな！」

「充のことを好きになったのは、絶対あんたより俺の方が先だっ」

「嘘吐《うそつ》くんじゃねぇよ。大体、先輩から金で役奪《うば》っておいて好きだなんて図々《ずうずう》しいんだよ。この間もあんなに迷惑かけておいて」

藤谷のバンドのメンバーが俺を殴《なぐ》った時のことを鹿山に言われると、藤谷は先ほどまでの威《い》勢《せい》を無くして黙り込む。勝ち誇《ほこ》ったように鹿山が笑うのを見て、頭が痛くなってきた。

好かれているというよりも、気に入ったおもちゃを取り合うような二人の態度につきあうのが面倒《めんどう》になる。

「お前らちょっと落ち着け」

むきになっている二人をクールダウンさせようとして口にしたら、どうやら逆効果だったようで、鹿山に突然《とつぜん》抱きつかれた。

「俺も先輩が好きだから離れない」

「ふざけんなっ俺だって」

藤谷にも抱《だ》きつかれる。

ケンカをする子どものような二人に「いい加減にしろ」と言いかけた時に、軽いノックの後で返事も待たずにドアが開けられる。

「失礼しまーす、脚本《きゃくほん》に変更《へんこう》があって、あの」

入ってきたスタッフは藤谷と鹿山に抱きしめられている俺を見ると、一拍《いっぱく》おいてから「失礼しました」とぱたんとドアを閉めた。

三人で良かった。二人きりでどちらか一方に抱きつかれていたら、さすがに誤魔化《ごまか》しがきかないが、三人だったら気持ち悪いぐらいに仲がよいと思われるだけですむ。

「ふざけすぎだ」

二人を引きはがしながらそう言うと、「ふざけてなんてないですよ」と鹿山が唇《くちびる》を尖《とが》らせる。

「俺は本気です」

鹿山に負けじと何かをいいかけた藤谷を遮《さえぎ》って、俺は台本を持って立ちあがる。

「お前らの意地の張り合いに俺を巻き込むな。ケンカなら二人だけでしろ」

そう言って二人を残して楽屋を出る。来週にはあの二人と一緒《いっしょ》に京都で撮影合宿をすることを考えると、知らず知らずに足取りが重くなる。

スタジオにいたスタッフに変更箇所《かしょ》を聞いて、増えたセリフと動作を頭の中に入れて撮影に臨《のぞ》む。

今日は藤谷や鹿山との撮影はないので、俺だけ一足先に撮影を終えた。スタッフに挨拶《あいさつ》をして帰ろうとすると、監督《かんとく》に手招きされる。

「これは充用の台本だから」

近づいた俺に、監督は袋《ふくろ》に入った台本を渡《わた》した。

「俺用ですか？」

「そうだよ。だから共演者にも見せないでね。台本もあとで回収させてもらうから」

そう念を押されて受け取る。そろそろ撮影も終盤《しゅうばん》にさしかかってきた。今までの台本にはまだ犯人役が書かれていない。容疑者として一番最初に疑われたのは俺が演じた仁だったが、その次には被害者《ひがいしゃ》の担任で、現在一番怪《あや》しいのがベテラン俳優の榊さんが演じる警部と奈々の父親だ。一応俺は自分が犯人役をやることは知っていたが、貰《もら》った台本には犯人らしい記述は今までなかった。

「わかりました」

朝丘仁が人殺しをするような人物にはとても思えない。だからこそ、その詳細《しょうさい》が知りたくてうずうずしていた。何故《なぜ》朝丘仁は人を殺したのか。殺したとしたらどうやって？　アリバイの秘密は？　犯行の時の凶器《きょうき》は？　本当に快楽のための連続殺人だったのか？

「今回の映画は充を主役にって声が上がってたんだけど、俺が反対したんだ」

そう言われて顔を上げる。聞いていた噂《うわさ》と違《ちが》うが、監督の言葉には否定的な響《ひび》きがない。

「充が凪航を演じたら、朝丘仁を演じられる人間がいなくなる。オーディションで久しぶりに充を見て、朝丘仁の役は充以外に考えられないと思ったから」

だからって本当は主役に彼を据《す》えるつもりはなかったんだけどね、と呟《つぶや》いてから監督は俺の肩《かた》を叩《たた》く。

「でも藤谷君はずいぶん良くなったよ。充のお陰《かげ》だね」

「そんなんじゃないですよ。あいつは、意外に努力家だから」

最近はあまり俺との稽古《けいこ》はしていないけど、それでもちゃんとこなしている。ただでさえ本業が忙《いそが》しいみたいだから、プライベートの時間は全《すべ》て練習に費《つい》やしているのだろう。

「うん、見ていて分かるよ。台本は全部頭に入ってるみたいだからね。普通、芝居《しばい》の経験がない子はそれだけでもすごく大変だと思うよ」

藤谷を褒《ほ》める言葉を聞いて、なんだか温かい気持ちになる。

「だけどやっぱり、朝丘仁は充でないとダメだったんだよね。鹿山君でも藤谷君でも、他《ほか》のどの俳優でもなくてさ」

そう言って監督はとんとんと、指先で俺が持つ台本を叩いた。

・

録音部が白い息を吐《は》きながら大声で「撮影《さつえい》が始まるのでお静かにお願いします」と何度目かわからない声を掛《か》ける。

周りに集まった観光客のなかにはちらほらと外国人の姿も見えた。試《ため》しに助監督《じょかんとく》の一人が英語で注意を呼びかけたが、ビデオカメラをこちらに向けながら短パンにリュックサックを背負った外国人は静かになる気配はない。近くにいた日本人の団体も携帯《けいたい》のカメラを向けて来る。マイクには恐《おそ》らく、写真を撮《と》るときの「カシャリ」というやけに電子的なシャッター音が入っているに違《ちが》いない。

それでもどうにか撮影を終える。撮った映像を見させてもらったが、湖の水面に枯葉《かれは》が波紋《はもん》を作り、雪が太陽の光を受けてきらめく風景がとても綺麗《きれい》だった。今回の映画は全体的にそういう映像の処理がやたらと綺麗だ。すでに東京、神奈川、千葉と撮影で移動しているが、どこも観光PRのように綺麗に映されている。

だけどそれは死体発見現場や殺害現場に限ったことで、普段《ふだん》のシーンには見られない。非日常的なことだけが美しい映像で撮影される。

「ここ四時までだから早くして！」

一足先にロケバスに戻《もど》ろうとする俺の背後で、撤収《てつしゅう》作業が大急ぎで行われている。俺も手伝おうとしたが、先月ガドのメンバーに殴られた時に小道具を落として壊《こわ》してしまったせいで、装飾部《そうしょくぶ》に迷惑《めいわく》をかけたのを思い出す。

だから手伝わないことを後ろめたく感じながらも、駐車場《ちゅうしゃ》に戻った。

バスの近くではスタッフが忙しそうに小道具を箱に詰《つ》め込んでいる。彼は俺の姿に気が付くと「お疲《つか》れさまです。バスの中にお弁当あるんで、次の現場までに食べてください」と言った。

その言葉に大人《おとな》しく従って、運転席の真後ろに積んである弁当を手に取る。最後尾《さいこうび》のシートに座って蓋《ふた》を開けると、洋風の弁当だった。少し重いものを食べたいと思っていたから丁度良い。

ハンバーグを口に運びながら、先ほどのシーンで殺人事件の痕跡《こんせき》を探す仁を演じたのを思い出す。この後、仁は別の殺人事件の現場で同じように一人で捜査《そうさ》していた凪と偶然《ぐうぜん》顔を合わせて、そこから仕方なく一緒に捜査をはじめる。

凪はまだ知らないが、仁は犯人が誰《だれ》か薄々《うすうす》気付きはじめている。

「犯人役は犯人役でも、こんなの演じるのは初めてだな」

弁当を食べ終わってから、バッグの中から心理学の本を取り出す。多重人格の正式名称《めいしょう》は解《かい》離《り》性同一性障害と言うらしい。台本を読んで朝丘仁にその傾向《けいこう》があることを知ってから、それ関係の本を何冊も読んだ。

詳《くわ》しく本を読んで初めて、この障害について俺が多くの誤解を持っていたことに気付いた。ジキルとハイドのようなものだと思っていたが、あれはＳ　Ｆ《サイエンスフイクション》だった。といっても、またこの映画が広まれば観《み》た人に俺が抱いていたのと同じような誤解を与《あた》えてしまうのかもしれない。そうならないように、だけど台本に反さないように少しでもリアルにこの障害に苦しんでいる仁を演じなければならない。

キャラが全く違う人間を演じわける。殺人鬼《さつじんき》と、どこにでもいる平凡《へいぼん》な男。

「一人二役に似てるな」

台本には仁の中に何故二つの人格が生まれたのかは書かれていない。映画では明かされないまま終わるようだ。だから俺は俺なりの答えを出す。仁になりきるためにはそれが必要だ。書かれていない部分を上手《うま》く想像出来たとき、初めて役に〝はまる〟と言える。今回、この新しい台本を渡されたことで、ようやく俺は仁になりきることができた。

「次のシーンは藤谷とか…」

次は静かな見せ場だ。セリフの数も動作も少ないが、だからこそ難しい。

藤谷はうまくやれるだろうかと考えて、思わず口元が綻《ほころ》ぶ。うまくできなかったら何度でもつきあってやればいいかと思い直した。

そんな風に知らず知らず藤谷と演技することを楽しみにしている自分に少し呆《あき》れる。想《おも》いに応《こた》えてやるつもりもないくせに、と苦笑《くしよう》した。

しばらくしてから、どやどやとスタッフが何人もバスに乗り込んでくる。

「すごい押してるから、次の現場急いでくれる」

助監督の一人が運転席に座るスタッフにそう告げる。

俺のシーンが終わってから、少し場所を変えての風景撮影があった。どうも観光客が邪魔《じゃま》で時間がかかったようだ。といっても、観光客の方でも道を塞《ふさ》いだり、良い景色《けしき》を独《ひと》り占めする俺達を邪魔だと思っているのだろう。

次のシーンの台本を確認《かくにん》していると、あっという間にロケ現場に着いた。現在改修工事中で一般《いっぱん》公開がされていない寺での撮影だ。バスを降りて撮影現場に入っていくと、すでに準備は整っていた。学ランの襟《えり》をスタッフに正されていた藤谷が、俺に気付いて近寄ってくる。

「この間のこと、まだ怒《おこ》ってるか？」

そう聞かれて一瞬《いっしゅん》なんのことか解《わか》らなかったが、そう言えばこの間楽屋で中途半端《ちゅうとはんぱ》に藤谷と鹿山を叱《しか》ったまま放《ほう》り出してしまったんだった。

まさかまだあの時のことを気にしているとは思わなかった。

「怒ってないよ」

そう言うと藤谷の表情が安堵《あんど》に変わる。俺はスタッフに呼ばれて立ち位置の指導を受けた。矢代監督がカメラを覗《のぞ》き込んで唸《うな》りながら「枝が邪魔だなぁ」と口にする。

監督が言っているのは梅の枝らしいが、まさか手折《たお》るわけにもいかない。そのために全体的にカメラや立ち位置を少しずらすことになった。

撮影自体はほぼ一発で終わった。

このシーンで仁は自分が犯人だという確証を得る。凪はまだ気付かない。だけど、ふいに仁の空気が変わったことには気付く。そんな微妙《びみょう》な場面だった。表情はいつもの気楽な仁のままなのに、証拠《しょうこ》を見つけた瞬間《しゅんかん》に仁の雰囲気《ふんいき》が変わる。

仁の底に眠《ねむ》る闇《やみ》がゆっくりゆっくり水面を目指して上昇《じょうしょう》してくる。

それに戸惑《とまど》いを覚える凪の表情は、恐らく矢代監督《かんとく》の理想通りだったのだろう。

終わった瞬間監督が満面の笑《え》みで頷《うなず》いた。俺と藤谷の撮影は今日はこれで終わりだ。一足先にスタッフにホテルに送り届けられる。

車の中で、藤谷は「すごかった」と口にした。

「何が？」

「俺、演技してなかった」

「してただろ？」

凪は何もしゃべらなかった。だけど、その瞳《ひとみ》や雰囲気で凪が戸惑っていることは充分《じゅうぶん》伝わった。心配していたのに、まさか一発でＯＫが出るとは思わなかった。

「上手くなったな、お前」

俺が素直《すなお》に褒めると、藤谷は首を振《ふ》る。

「あれは本気で戸惑ったんだ。いきなり空気が変わって、驚《おどろ》いた」

藤谷はそのときの感覚が蘇《よみがえ》ってきたのか、まじまじと俺を見た。

「前に横須が言ってたんだ。初めての芝居《しばい》の共演者が充だって事、その充から指導を受けられるってことは俺にとっては最高に幸運なことだって」

「なんだ、それ」

そこまで光樂《こうがく》の敏腕《びんわん》マネージャーに認められている理由がわからない。確かに子役の頃《ころ》は当たり役はいくつもあったが、最近はそれほど注目されていなかった。この間の近松ものの舞台《ぶたい》で演じた殺人者で、久しぶりに高い評価をされなければ周りからも忘れられていただろう。

それに俺程度の役者なんて掃《は》いて捨てるほどいる。

俺は同世代で俺より上手い役者を両手の指で数え足りないほど知っている。

「鹿山篤郎には鹿山篤郎が演じる何かの役しかできないって横須が言ってた。役のほうが鹿山に馴染《なじ》んで、鹿山が役に馴染むわけじゃない。だからどんな役も、いつもと同じように見えてしまうんだって」

鹿山の話は確かにそうだ。それでも、ある意味それは才能なんだろう。あいつはどんな役にも存在感を与えることができる。それは短所でもあり、長所でもあるのだ。

存在感のない役でも鹿山が演《や》れば途端《とたん》に注目を集めることができる。あいつはそういうオーラを持ってるんだろう。

「でも充は役に溶《と》け込むって言ってた。盗《ぬす》めるものは全部盗んでこいって言われたけど、俺が盗めるレベルじゃない」

「経験を積めばすぐに追いつくよ」

俺の言葉に藤谷はゆるく首を振って、考えるように黙《だま》り込んだ。

車がホテルに着くと、俺達はスタッフに呼ばれて簡単な衣装合わせをした。急遽《きゅうきょ》台本が変更《へんこう》されたシーンで使うことになった服や小物を実際に身につけて確認する。普段《ふだん》小規模な式典に使われるような、それほど大きくない広間には衣装や小道具などがいくつも並べられていた。

珍《めずら》しく藤谷は学ラン以外のものを着せられていた。

ハーフ丈《たけ》の薄《うす》い黒のトレンチコートに、モノトーンのロンTと黒いパンツ姿の藤谷は、学校での尖《とが》った印象とは違《ちが》い知性的に見えた。

衣装部のスタッフがてきぱきと仕事をしながらも、どこかうっとりと藤谷を見上げていた。

その気持ちはよく解る。

「お疲れさまでーす」

知らず知らずのうちに俺も見惚《みと》れていると、広間の入り口からサクラが顔を出す。

「これお土産《みやげ》のカヌレなんで良かったら食べてくださいね」

そう言ってサクラが隅《すみ》のテーブルに可愛《かわい》らしいラッピングの施《ほどこ》された菓子《かし》箱を置くと、女性ばかりのスタッフが歓声《かんせい》に近い声を上げた。

サクラは新しい衣装を着ている俺のところに近づいて来た。

「明日の昼から来るんじゃなかったのか？」

スケジュールは確かそうなっていたはずだ。

「明日の朝の仕事が流れたの。だから一足先に来たんだけど、もうお腹《なか》がぺこぺこで…。夕食一緒《いっしょ》に行かない？」

「いいけど、あんまり金ないぞ」

そう言うと、サクラはつんと顎《あご》を上げて腰《こし》に手を当てる。

「私は岬サクラよ。安っぽい店になんか行けないわ」

そう言ってサクラに急《せ》かされるまま、試着用の簡易カーテンの中で衣装を脱《ぬ》いでスタッフに渡《わた》し、腕《うで》を引かれて広間を出る。なんとなく振《ふ》りかえったときに、藤谷が悲しそうに顔を伏《ふ》せたのが見えて、少し胸が痛んだ。

「安っぽい店には行かないんじゃなかったのか？」

商店街から脇道《わきみち》に入ったところにある小料理屋はカウンター席が十席程度のこぢんまりとした店だった。籐《とう》で編まれた椅子《いす》に角の取れたカウンターは相当使い込まれているようで、客もほとんどが常連のようだ。

「安い店と安っぽい店は違うのよ井川君」

そう言ってサクラは先ほど頼《たの》んだかやくご飯を口に入れながら、年上ぶった口調で俺を諭《さと》す。

目の前には大皿が並べられ、注文をすればそこから店主が小皿に料理を盛って出してくれる。

薄味《うすあじ》だがどれも美味《うま》い。俺が舌鼓《したつづみ》を打っていると、女将《おかみ》に勧《すす》められてサクラは日本酒を頼む。

俺は未成年なのでこういう場所での飲酒はできない。問題を起こせば現在撮影《さつえい》中の映画や、ここで一緒に飲んでいるサクラにも迷惑《めいわく》がかかる。

だけど美味そうに飲むサクラが羨《うらや》ましくてついつい視線を向けてしまう。

「なによ? みとれないでよ」

「みとれてねーよ」

「みとれなさいよ」

「どっちだよ」

「こんなにいい女が横にいるのに、なんであんたたちって他《ほか》の人がいいわけ?」

その言葉に何か含《ふく》みを感じて「何かあったのか?」と尋《たず》ねる。そう言えばサクラが外で飲むなんて珍しい。いくらホテルから近いと言っても、マネージャーがこんな時間に二人きりで出《で》掛《か》けることを許したのも珍しいことだ。いくら俺達が変装に長《た》けているといっても、普通《ふつう》ならばサクラを放り出したりはしないだろう。

「好きな人がいるって言われたのよ」

豚肉《ぶたにく》をタマネギの芽と味噌《みそ》で炒《いた》めたものを口に運びながら、サクラはなんてことなさそうに言った。

「その人と結婚《けっこん》も考えてるんだって。写真見せて貰《もら》ったことあるんだけど、正直私の方が断然綺麗《きれい》なの」

マネージャーに恋《こい》をしているというのは知っていた。良い男ばかりとつきあってきたサクラが選ぶにしては、平凡《へいぼん》な男に見えた。

「いつもみたいに奪《うば》い取らないのか？　それが恋愛《れんあい》の醍醐味《だいごみ》だって言ってただろ？」

出会ったばかりのころ、サクラはそんなことを誇《ほこ》らしげに言っていた。

「ガキのセリフだわ」

サクラはそれ以上何も言わない。俺も追及《ついきゅう》するような野暮《やぼ》なマネはしなかった。

美味い飯を食べて満足して店を出るときに、サクラは何も言わずに俺の分まで払《はら》った。

「口止め料だから」

財布《さいふ》を出そうとする俺にサクラはそう言って笑う。

「誰《だれ》かに言いたかったの。聞いてもらえて良かった」

「……ごちそうさま」

「どういたしまして」

店からホテルまで短い距離《きょり》だが、通りかかったタクシーを捕《つか》まえる。俺はいいが、サクラはもし見つかれば取り囲まれてしまうだろう。

「どうせ失恋したし、本気で手出しちゃおうかな」

タクシーを降りる時にサクラがそう言う。先ほど飯代を出して貰った代わりに、代金は俺が払った。ワンメーターの距離で降りることを詫《わ》びると、運転手は気にしなくていいと笑ってくれた。

その笑顔に軽く頭を下げて、俺もサクラを追ってタクシーを降りる。ドアボーイが開けたドアからホテルに入り、ロビーを横切る。

「藤谷にか？」

心なしか咎《とが》めるように口にした。

エレベータの前に立っていたホテルのスタッフがドアを開けてくれる。中に入って、二人きりになったところでサクラは「嫉妬《しっと》？」と聞いてくる。

同じ質問を前にもされたと思いながら「そんなんじゃない」と答える。だけど誤魔化《ごまか》しようもなく声は硬《かた》くなった。

「どっちに？」

普段はあまり見せない、年上の女の顔でサクラが微笑《ほほえ》んだ。俺より先に、サクラがエレベータを降りる。

「どうしてあんたたちってそうなの…？」

落ち込んでると言うよりは楽しんでいるように、今日二回目のセリフを口にしてサクラは背を向ける。ドアが閉《し》まる寸前「充がいらないなら、私が貰うからね」と挑発《ちょうはつ》的な事を言った。

ドアが閉まると再び緩《ゆる》やかな上昇《じょうしょう》を続けるエレベータの壁《かべ》に寄りかかって、俺はサクラのさきほどの問いに対する自分の答えに苦笑《くしょう》した。

——どっちに？

そんなの決まっている。俺は藤谷に手を出すと言ったサクラに嫉妬した。

まさか見破られるなんて思わなかった。俺があいつの恋愛感情を読みとったように、あいつにも俺の恋愛感情が読みとれるのかもしれない。

サクラに張り合われたら勝ち目がない。だけど、勝ち目がなくていいんだろう。

どうせ、この恋はうまくいかない。

俺と藤谷が好きあっても想《おも》い合っても、そんな不毛な関係はお互《たが》いの将来にとって、不安要素にしかならないだろう。俺はそんなスキャンダルであいつがこの世界から消えるのを望んでいないし、俺自身それで今まで積み上げてきたものが台無しになるのは嫌《いや》だ。

あれはたった一夜限りの過《あやま》ちだ。そうでなくてはならないんだ。

カメレオン俳優の渾名《あだな》は伊達《だて》じゃない。本気になればいくらでも気持ちを隠《かく》して、だませる自信がある。演技を続けていれば、きっと自分自身すらも騙《だま》せる。

そう覚悟《かくご》を決めてエレベータを降りた。

部屋に戻《もど》るといつの間にか荷物が運び込まれていた。下村の代わりに派遣《はけん》された新人のマネージャーがやってくれたのだろう。荷物の上にはセロハンテープでメモ用紙が貼《は》ってあった。変更になった明日の予定が書いてある。それを確認《かくにん》して枕元《まくらもと》の目覚まし時計をセットする。

それから粗《あら》い目のニットコートを脱いでクローゼットに掛《か》けたところで、ドアが遠慮《えんりょ》がちにノックされた。

ドアスコープから見たら、そこには藤谷が立っている。

こんな時間に訪ねてくる理由を想像して、自意識過剰《かじょう》になっている自分自身を笑った。

――演技するって決めたくせにな。

その気持ちをもう一度確認して、一呼吸置いてからドアを開けた。

「こんな時間にどうした？」

そう聞くと藤谷は俯《うつむ》いたまま「台本、解《わか》らないところあるんだ」と口にする。

「悪いんだけど、明日じゃダメか？」

藤谷は顔を上げて俺の顔を見ると、「岬さんが中にいるのか？」と聞いてくる。

「まさか。今日は疲《つか》れてるだけだ。早朝からずっと撮影だったから」

「…ごめん、そうだよな」

しゅんとしたまま項垂《うなだ》れる姿が可哀想《かわいそう》になる。

「少しぐらいなら、つきあってやれるぞ」

腕時計《うでどけい》をちらりと見てからそう口にする。こいつの家に行った時もそうだった。最初に抱《だ》いた時もそうだ。どうも俺はいつも不敵な顔をした藤谷が落ち込んでいる姿に弱いらしい。

「いい。本当は、ただの口実なんだ」

強がるように笑ってから踵《きびす》を返すと、足早にいなくなってしまう。

ドアを閉めてから、思わず顔を押さえる。

先ほどの駆《か》け引きめいた言葉を藤谷は恐《おそ》らく無意識で口にしたんだろう。あいつのことだから、ただ本心を口にしただけなんだろう。

「決意がぐらつきそうだ」

手を伸《の》ばせば触《ふ》れる距離にいる。抱きしめてしまえる。抱きしめればキスができる。その先も。

過《あやま》ちの夜のことを思い出したらあの生々しい感覚まで蘇《よみがえ》って、俺は情けなくもバスルームに向かった。


京都で三日目の撮影となる今日は午前中に曇《くも》りだした空が、午後に入ってからとうとう雨を降らせた。昨日は雨が降っていて撮影が中止になったために、今日こそと思っていたがどうやら長引きそうだ。

脇役《わきやく》を務めたベテラン俳優がクランクアップし、花束を貰って引き上げたところでスタッフは撮影を続行するか否《いな》かでもめた。結局時間もないことだし、雨の中で撮影を続けることに急《きゅう》遽《きょ》決まった。激しい雨じゃなかったが、それでも十二月の雨は体を芯《しん》まで冷やした。

俺は竹林の中を一人で走るシーンを撮《と》らされた。クレーンを使った撮影だったのでテストの時にカメラの動きを摑《つか》む。リハーサルでは思った以上にぬかるんだ土の上を、転びそうになりながらも走った。逆にその不安定な走り方がリアルだと監督《かんとく》に言われ、本番でもあえて変えずに走る。

ＯＫが出てからモニタを覗き込むと、完全に狂《くる》った顔をして走る朝丘仁の姿があった。カメラワークのお陰《かげ》もあって、臨場感のある画《え》がとれている。実際にはコマ割りを変えて、もっと迫力《はくりょく》を出す予定だ。

「どうぞ」

スタッフから渡《わた》されたタオルを受け取って髪《かみ》を拭《ふ》く。濡《ぬ》れたシャツが張り付いて気持ちが悪い。

「はい、じゃ次のシーン行くよ」

助監督がそう言うと、俺が作った足跡《そくせき》を消していたスタッフが大急ぎで作業を終わらせる。カメラの位置が変わってもう一度テストをやった後に、サクラと藤谷が近くに停《と》められたバンの中から出てきた。

まだ他《ほか》の準備が終わっていなかったので、二人は手持ちぶさたに俺のシーンをモニタで確認する。

「同じ殺人鬼《さつじんき》でも油地獄の時とは随分違《ずいぶんちが》った雰囲気《ふんいき》ね」

サクラが真剣《しんけん》な目で映像を追う。このシーンは完全に闇《やみ》に体を乗っ取られた朝丘仁が奈々と凪を追いつめる大事な局面だ。サクラは逃《に》げ足が遅《おそ》いので途中《とちゅう》、凪が抱きかかえるようにして走る。仁は獲物《えもの》をいたぶるように二人を追いかける。

映画になれば繋《つな》がったシーンだが、撮影《さつえい》は別々なので俺だけ先に走ったのだ。

「不思議ね。どっちも罪悪感もなく人を殺す犯人であることには変わりないのに、朝丘仁と与《よ》兵衛《へえ》は全然違《ちが》うわ」

与兵衛とは油地獄の役名だ。

「俺の舞台《ぶたい》見たことあるのか？」

意外に思って聞くと「変装して行ったわ。充の舞台は勉強になるもの」と答えが返ってきた。

撮影の準備が出来て、サクラと藤谷が呼ばれる。

カメラが回されると、俺は邪魔《じゃま》にならないところに立って二人が走るのを見た。逃げる二人の背後でカメラマンが走る。竹林のなかを走る若者と手ぶれの画は、低予算ながら世界中に衝《しょう》撃《げき》を与《あた》えたあの映画を彷彿《ほうふつ》とさせた。

「いいんじゃない？」

監督が横の助監督に声を掛ける。すると助監督が「カット、ＯＫです」とメガホンを口に当てて大声を出す。

肉眼で確認できないところまで走っていた二人が、木々の向こうからカメラマンと一緒《いっしょ》に歩いてくる。今度は別の角度から撮るために、二人はもう一度走る。

そんな風にいくつかのパターンを撮ってから、ようやくこのシーンの撮影が終わると、二人は僅《わず》かに息を上がらせていた。

シーンを撮り終わったところで、雨が激しくなり風も出てきた。次は竹林のなかから道路に飛び出した凪と奈々が車にひかれそうになり、その運転手に助けて貰《もら》うというシーンだった。道路を使うのでこの時間この区域は通行止めになっている。

張られたテントの下で監督と一緒にモニタを眺《なが》めていると、ずぶぬれの二人がこっそりとバンの中に入っていくのが見えた。昨日去り際《ぎわ》にサクラが言った言葉を思い出して、意識しないようにしていても目の端《はし》で様子をうかがってしまう。

しばらくして出てきた時、二人が妙《みょう》に寄り添《そ》っているように見えて腹が立つ。

藤谷みたいなタイプはサクラの好みではなかったはずなのに、二人で立っている姿はやけに絵になっている。

二人がテントの方に来たので、俺はなんとなく避《さ》けるように別のテントで固まっているスタッフの方に行く。

雨が激しすぎるために、しばらく弱まるのを待つ。三十分ほど経《た》った頃《ころ》に、ようやく雨足が弱まる。スタッフはここぞとばかりに撮影を開始した。

モニタを見ていると、道路に飛び出した藤谷が転んだのが解った。

「カット」

その声を聞いて転んだ藤谷が立ちあがる。体に怪我《けが》がないことを確認してから泥《どろ》で汚《よご》れた衣装を着替《きが》えて、再び同じシーンを撮る。今度はうまく行った。

監督のOKが出た途端《とたん》、撤収《てっしゅう》作業が始まる。藤谷はテントに戻ってくると着ていた服を脱《ぬ》いで、渡されたタオルで全身を拭いた。その姿を女性スタッフがじっと見つめている。そのことに気を取られていると、サクラに腕《うで》を引かれた。

「充、撮影終わりだよね？」

タオルで髪を拭くサクラは、雨のせいで肌《はだ》にぴったりと白いワンピースを張り付かせている。下着が透《す》けているのを見て、先ほどスタッフの何人かがサクラを見ていたことを思い出す。

考えていることが丸出しの彼らの表情と同じようなものが、藤谷を見る俺の顔にも浮《う》かんでいたのかもしれない。そう考えると恥《は》ずかしくなった。

「終わってる」

「あのさ、私このあとまだ撮影あるんだけど、京はもうホテル帰るみたいなんだよね。面倒見《めんどうみ》てあげてくれないかな？」

「面倒？」

「京の足、朝のロケで捻挫《ねんざ》してテーピングで固めて走ってたの。誰《だれ》にも言うなって言われたんだけど…さっきも転んじゃったから」

だから二人してバンの中に入っていったのか。寄り添うように立っていたのもそれが理由なら納得《なっとく》がいく。

「わかった」

俺の答えにサクラはほっとしたように息を吐《つ》くと、濡れた服を着替えるために俺の側《そば》を離《はな》れる。

ロケバスの中で服を着替えてきた藤谷は、そのまま一足先にスタッフやマネージャーと一緒に帰ろうとするから、俺も一緒にホテルまで送って貰うように頼《たの》んだ。

車に乗るとき、藤谷が一瞬《いっしゅん》足の痛みに顔をしかめる。

助手席に座った藤谷のマネージャーはそれには気付かず、雨の中での撮影に文句を言う。

「本業は歌手なのに、風邪《かぜ》でも引いたらどうするのよ」

その文句に運転しているスタッフは申し訳なさそうな顔で謝る。

藤谷のバンドのメンバーが俺を殴《なぐ》って以来、矢代監督と藤谷のマネージャーとの仲は悪い。あの時は矢代監督が藤谷のマネージャーや光樂《こうがく》に相当激しく抗議《こうぎ》をしたようだ。

「大体スケジュールだって無茶苦茶《むちゃくちゃ》なんだから。主役は京なのに岬さんの方を優先して組むの
「も間違《まちが》ってると思うわ。確かにキャリアは向こうの方が長いけど……」

次々と出てくる文句に聞き苦しいものを感じていると、助手席の真後ろに座る藤谷が舌打ちをする。

「うるせーよ。あんたの文句は聞き飽《あ》きてんだよ」

それを聞いてマネージャーは黙《だま》る。空気は余計に重苦しくなった。

俺は窓の外を見た。雨は再び激しさを増している。空は重い雲がたれ込めていた。ごろごろと不吉《ふきつ》な音もしている。

車内には低い音量でラジオが流れている。ローカル放送のそのラジオ番組が交通状況《じようきよう》と天気予報を教えてくれる。

『今夜に入ってますます雨風が勢いを増していきそうですね。みなさんも気を付けてくださいね。ではここでリスナーからのリクエストが殺到《さつとう》してるガドの新曲〝快楽廃園《はいえん》〟をどうぞ』

ラジオのパーソナリティの紹介《しようかい》で、俺が前に藤谷の家で見たPVの曲が流れ出す。気を遣《つか》ったのか、重苦しい空気を紛《まぎ》らわせようとしたのか、運転席のスタッフがラジオの音量を上げる。

俺は旋律《せんりつ》がどうのとか、コードがどうのという専門的なところは分からないが、印象的な曲

だと思った。

　曲が終わり、ホテルが見え始めた頃に藤谷のマネージャーが「私はこれから東京に戻《もど》るけど、明日の昼の撮影にはまた同行できるから」と口にする。

「ああ」

　藤谷は不機嫌《ふきげん》そうにそう答えただけだった。

　ホテルで俺達三人が降りると、スタッフは次の撮影現場に戻っていった。藤谷のマネージャーはホテルに丁度来ていたタクシーに乗り込んで、駅に向かう。

　俺たちがホテルに入ると、丁度ロビーにいた鹿山が近づいてきた。

「お疲《つか》れさまです。先輩《せんぱい》！　なんか近くに温泉あるみたいなんでみんなで行こうと思ってるんですけど、先輩もどうですか？」

　そう言った鹿山の周りには若手の俳優が何人かいた。その中の女子が藤谷を見て「是非《ぜひ》、藤谷さんも行きましょう」と誘《さそ》う。

　その子にぐいっと腕を引かれて、藤谷は俺にしか解《わか》らない程度に顔を顰《しか》めた。捻挫した足が痛んだのかも知れない。俺は思わず、庇《かば》うように藤谷の肩《かた》に手を回す。

「悪い、サクラとの先約があるんだ」

　サクラの名前が出ると、女子は仕方なさそうに「サクラさんじゃ勝ち目ないなぁ」と言って藤谷の手を放す。鹿山は面白《おもしろ》くなさそうな顔をしていたが、文句は言わずにそのままホテルを出ていく。

俺は肩に回した手を放さずに、藤谷を連れてエレベータに乗る。

「充？」

俺の行動の理由が解らずに戸惑《とまど》う藤谷に「足痛いんだろ？」と聞く。

「なんで…？」

「サクラに聞いた。面倒見てやれって言われたから、さっきのは強ち嘘《あながうそ》でもないんだ。でも、なんでお前断らなかったんだ？」

普段《ふだん》だったら、女子が気軽に触《ふ》れる事なんてできない雰囲気《ふんいき》を出している。

前に学校で藤谷に片思いをしている女子が触れようとしたとき、一言冷静な声で「触《さわ》るな」と吐き捨てた。こいつはそういう男で、女子の大半もそういうところが好きなようだった。

普通《ふつう》の男子がそんなことを言えば反感を買うだけなのに、何故《なぜ》か藤谷が口にすると女子は「格好いい！」となる。人間は顔じゃなくて中身だというが、それは本当に本心なのか一度彼女たちに聞いてみたい。

「ああいうの嫌《きら》いだろ？」

「別に」

藤谷はそう言うと、俺の手を振《ふ》り払《はら》ってエレベータのボタンに手を伸《の》ばす。

藤谷の部屋がある階を押《お》そうとした指先を俺は止めた。

「手当てするから俺の部屋に行くぞ」

「っ」

指先を握《にぎ》り込むと、藤谷は動揺《どうよう》したようにまた振り払おうとする。させまいと強く握りしめたら、目元を赤く染めながら藤谷は俺を睨《にら》みあげた。

「何、考えてんだよ」

「何って…」

「折角《せっかく》俺があんたのこと諦《あきら》めようとしてるのに、どうしてその途端《とたん》俺のこと構うんだよっ」

諦めようとしてる、という言葉に胸が痛む。

「あんた俺で遊んでんの…？」

弱々しくそう口にして俯《うつむ》いた藤谷の側に近づいた時、ふわりと甘い薔薇《ばら》の匂《にお》いがした。サクラがつけていた香水《こうすい》だと思い出して、あの時感じた嫉妬《しっと》が蘇《よみがえ》ってくる。

「諦めるって？　俺のこともう嫌《いや》になったのか？」

俺は思わず握った手に力を込める。

「っ」

藤谷が顔を顰めるのも構わずに、そのまま引き寄せた。

「サクラの方がよくなったか？」

確かにサクラと比べられたら、勝ち目なんかない。

「それは、充だろ…。充が岬さんのこと好きなんじゃないか」

「俺達はもうとっくに終わってる」

藤谷はそれを聞いても、居心地《いごこち》悪そうに俺から離れようとする。

そんな藤谷を思わず抱《だ》きしめてしまったのは、条件反射に似た衝動《しょうどう》だった。

藤谷の気持ちに応《こた》えるつもりなんてなかったのに、その気持ちが他《ほか》に向きそうになったら我《が》慢《まん》が利《き》かなくなった。こいつが俺以外の奴《やつ》のものになるのなんて、絶対に嫌だと思うんだから仕方ない。

「俺から逃《に》げんな。その気にさせといて、今更諦《いまさらあきら》めるなんて言うな」

抱きしめたらまたサクラの匂いがした。それが悔《くや》しくて腹立たしくて早く消してしまいたいと思った。状況が把握《はあく》できずにいる藤谷の、何も言わない唇《くちびる》をキスで塞《ふさ》ぐ。

「っ…ん」

相変わらず薄《うす》い唇と薄い舌だ。そう思っていると、ぎゅっと背中に腕が回された。

それが嬉《うれ》しくて、知らず知らずのうちに追いつめるようなキスになる。もっと深く、と貪《むさぼ》るようにキスを繰《く》り返していると、いきなり藤谷の体の力がかくんと抜《ぬ》けて、慌《あわ》ててその体を支える。

「悪い。足痛かったか？」

被《かぶ》さるような体勢になっていたから、捻挫《ねんざ》した足に負担がかかってしまったかもしれないと、心配してその顔を覗《のぞ》き込む。藤谷は息を乱しながら「そういうんじゃない」と恥《は》ずかしげに言った。

その顔がすごく可愛《かわい》いから、藤谷の濡《ぬ》れた唇を指で拭《ぬぐ》いながらもう一度部屋に誘う。

「俺の部屋、来るよな？」

返事の代わりに藤谷の唇がそっと躊躇《ためら》いがちに頬《ほお》に押しつけられた。

ベッドの上に座らせて、脱《ぬ》がした服の下からテーピングを施《ほどこ》された痛々しい足首が姿を現す。テーピングを剝《は》がすと、傍目《はため》にも腫《は》れ上がっているのがよく解った。

「先に冷やすか？」

あまりに酷《ひど》いのでそう聞くと「そんなの後でいい」と藤谷が顔を赤らめて呟《つぶや》く。

「こんな酷い状態で、どうして誰《だれ》にも言わなかったんだ？」

「弱み見せたくない。捻挫して足引っ張る奴だって思われたくない」

「馬鹿《ばか》か。時と場合を考えろ。頑張《がんば》ることと意地になるのは違《ちが》うだろ」

こんなに悪化させちゃ、明日の撮影《さつえい》だって考えなきゃならない。

「だって、また充に嫌われたくない。昔みたいなこと言われたくない」

昔？　そういえば以前にも藤谷は〝どうせあんたは俺のことなんて覚えてない〟と言っていた。

一体いつの話だと考えるために黙《だま》り込んだ俺を見て、藤谷は不安そうな顔をして「なぁ」と俺の着ていた服の裾《すそ》を引っ張る。

「俺のこと、抱いてくれるんじゃねーの？　その気になってくれたんじゃねーの？」

脱がしかけのシャツを引っかけたままの藤谷にそう聞かれて、考えていたことなんてどうでもよくなった。

唯一《ゆいいつ》体を覆《おお》っているシャツを脱がして、下着にも手をかけると藤谷が恥ずかしそうに身を捩《よじ》る。それがやけにいやらしく思えて、乱暴な仕草で下着を取り去る。

そのまま足を気遣《きづか》いながらもベッドの上に押し倒《たお》して、キスをした。

「っうん…ぁ」

不慣れながらも応えようとぎこちなく動く舌先が可愛くて可愛くて、どうしようもなくなる。何度も何度も角度を変えて舌を絡《から》めていると、藤谷の性器がだんだんと硬《かた》くなっていくのが触れている部分で解った。

「あのさ…」

キスの合間に藤谷が掠《かす》れた声を出す。

「一回だけでいいから俺のこと…好きだって言ってよ」

強請《ねだ》った後に、藤谷は慌てたように「嫌なら、いいけど」と口にする。

そう言われて、まだ一度も「好きだ」と言っていなかったことを知る。自分ではとっくに言っているつもりになっていた。ささやかな願いを口にした後に、拒絶《きょぜつ》されるのが怖《こわ》くて怯《おび》えている藤谷が可愛くて、足を気遣うとかそんな余裕《よゆう》がなくなりそうだ。

「好きだ」

乞《こ》われたままに口にする。

「言ってやらなくて悪かったな。お前のこと、誰にも渡《わた》したくないぐらいに好きだよ」

藤谷は何も言わずに、ぎゅっとしがみついてくる。

唇にキスができないぐらいきつくしがみつかれて、仕方ないから髪《かみ》や耳にキスを繰り返す。

藤谷の体のあちこちを触ってると、抱きついた腕《うで》の力がゆるんだ。

「なんか、泣きそう」

藤谷が抱きついたまま口にする。

その言葉が可愛いと思った。気付けば俺は、いつもこいつのことを可愛いと思っている。

好きだという一言で泣きそうになるのが可愛い。

馬鹿みたいにどこもかしこも可愛くて、悩《なや》んでいたことがどうでもよくなった。

あの夜、藤谷に乞われてこの体を抱いてから、いやそれよりも前から俺はこいつのことが可愛くて仕方ないんだ。そんな相手に惚《ほ》れられて、自分だけ正気で居られるわけがない。

「泣くなよ」

目元に口付けて、頬を撫《な》でる。濡れた目で見上げられて、誘《さそ》われるように体に触《ふ》れた。色の薄い肌《はだ》に似合わず、触れた体はひどく熱い。子どもみたいに体温が高くて、もっともっと触れていたくなる。

「俺のものになって」

キスの合間に藤谷がそう言った。

「俺だけ見てて…。俺を充だけのものにして」

藤谷の指に自分の指を絡めながら、俺は頷《うなず》く。

「あんまり、煽《あお》るなよ」

どうせそんなつもりで言ってるんじゃないんだろうけど、言われたこっちは堪《たま》らない。

こいつの気持ちを受け入れると決めたから、余計に歯止めが利かなくなる。

「だって、やっと…言える」

張りつめた陰茎《いんけい》を擦《こす》り上げて、その奥に指を伸ばすと藤谷は壮絶《そうぜつ》な流し目を俺に向ける。

「ふ…っぁ」

藤谷の家で見たあのPVよりもずっと色気のある誘うような目に、本当に俺以外と経験がないのだろうかと疑問が浮《う》かぶ。

「なぁ、お前の体って本当に俺しか知らないのか？」

中学生の時だって口にしなかった格好悪い質問に、藤谷は困ったような顔をする。

「っあ…充しか…知らないの、だめか？　もっと経験してないと、だめ？」

思わず口元が緩《ゆる》んだ。こんなことで満足してしまう自分を器《うつわ》の小さい男だと感じながらも、嬉しいものは嬉しいんだからしょうがない。それは全《すべ》ての男が持つちっぽけな独占欲《どくせんよく》の一つだ。

「…逆だ」

「あっ…、あ…っ」

俺しか知らないくせに、そんな目ができるのか。たった一度抱いただけなのに。

いつか俺の方がこいつに骨抜《ほねぬ》きにされてしまいそうだ。

いや、もうされているのかもしれない。

「はっ…、も、だめ、充、俺…」

鈴口《すずぐち》を弄《いじ》ると、滲《にじ》んだ色の薄い先走りが糸を引いて俺の指を濡《ぬ》らす。

「少し触《さわ》っただけだろ。まだイクなよ」

相変わらず快感に不慣れで敏感《びんかん》な体に感心する。

「だめ、俺、も、だめだって…っぁ」

首を振《ふ》って藤谷は俺の腕のなかでもがくように腰《こし》を揺《ゆ》らす。逃げようとしてるようにも、快感を追いかけているようにも見える。きっと両方なんだろう。

「我慢しないと入れてやらない」

俺を受け入れることになる最奥《さいおう》に指の腹で触れる。

「ひっ…ぁ…ん」

「なかかき回してほしいだろ?」

耳に直接声を吹《ふ》き込む。

藤谷ががくがくと頷くのを見て「じゃあ、俺が良いって言うまで我慢《がまん》な」と言うと、指の腹で触れていた場所がきゅっと締《し》まった。

堅《かた》く閉じたところを指の腹で押しながら、擦るたびに濡れた音をたてる性器を手の中で愛撫《あいぶ》する。

「っん、…あっ、あんっ…は、充、俺、くるし…」

「我慢するんだろ?」

真っ赤になった顔で、体を震《ふる》わせる。

「ふっ…う、う…」

嬌声《きょうせい》すら堪《こら》えるように唇《くちびる》を噛《か》んで潤《うる》んだ瞳《ひとみ》も閉じて、体を硬くしてひたすら耐《た》えている姿が可哀想《かわいそう》に見えた。仕方ないから射精を許すと言葉にする代わりに、手の中でいたぶっていた場所を舌で辿《たど》った。

「ひっ」

女相手にもあまりしなかったのに、同じ男のものを嫌悪《けんお》感も覚えずにくわえ込んだ。

「っん――――」

ほんの少し口に含《ふく》んだだけで、藤谷は呆気《あっけ》なく弾《はじ》けた。その瞬間《しゅんかん》口を離《はな》したが、それでも藤谷の精液が俺の唇に飛ぶ。舌を伸《の》ばして舐《な》め取ると、青臭《あおくさ》い味がした。

唇を手の甲《こう》で拭って、性器と連動するように快感の余韻《よいん》に蠢《うごめ》いている最奥の入り口に再び指を這《は》わせた。一度吐精《とせい》したせいか先ほどよりも硬くはないが、それでも指一本がやっとだろう。

こじ開けるのも楽しそうだが、藤谷に痛い思いをさせるのは可哀想だ。

確かアメニティに化粧《けしょう》用のオイルがあったはずだと、藤谷の体を離してベッドから下りる。

「や、充っ」

バスルームのドアノブに手をかけたところで、ばたんと藤谷の体がベッドから落ちた。

シーツごと絨毯《じゅうたん》の上に落ちた藤谷に驚《おどろ》いて、慌《あわ》てて近づくと何を勘違《かんちが》いしたのか「言うこと聞くから、行かないで」と泣きそうな顔で抱《だ》きついてくる。

「何…?」

言ってる意味が分からずにそう問い返すと、「次は俺、ちゃんと我慢するから」と付け加えられた。そこでようやく藤谷が先ほどの会話を引きずっていることに気付く。

当たり前だが、あんなの本気じゃない。入れられなくて困るのはむしろ俺の方だ。

こういう駆《か》け引きに慣れてないから全部本気だとでも思ったのか、俯《うつむ》いたまま俺の反応に怯《おび》える藤谷が可愛《かわい》くて仕方がない。

言うことを聞くという言葉に、また何か意地悪なことを言いたくなったが我慢する。

それなのに、そんな俺の葛藤《かっとう》を無視するように「何してもいいから」と藤谷が口にした。

「自分がどんな格好でどんな顔で、何言ってんのか分かってんのか?」

半分呆《あき》れながら言う。

俺を見上げる火照《ほて》った体は、うっすらと色づいている。快楽に潤んだ瞳や上気した頬《ほお》と相俟って、壮絶な色気を醸《かも》し出している。

思わず喉《のど》が鳴った。

「何が?」

意味が分からないと言うように藤谷が首を傾《かし》げる。

俺は子供の時から大人《おとな》に囲まれて仕事をしていた。仕事場ではマネージャーの下村はあてにできなかったし、私生活でもケンカばかりでろくに家に寄りつかない両親を頼《たよ》ることもできなかった。だから自然と大人びていったが、それは大人びているだけで大人じゃない。

「優《やさ》しくしてやろうと思ったけど、もうそんな余裕なくなった」

中身はただの青臭いガキだ。こんな誘いに我慢できるほど、理性的なわけがない。

「え…？　あっ」

絨毯とシーツの上にその体を組み敷《し》いた。

藤谷の背中からのしかかるように腕の中に閉じこめて、まだ解《ほぐ》してもいないところに下着の中から出した自分の高ぶった欲望を擦りつける。

「やっ…」

「分かる？　お前の中に入りたくてめちゃくちゃ硬《かた》くなってる」

「あ、充の、熱い…」

素股《すまた》でもするように藤谷の陰茎に自分のものを擦りつけた。絨毯の上に突《つ》いていた腕が崩《くず》れて、藤谷は絨毯に綺麗《きれい》な顔をべたりと付けながら「あっ、あっ」と高い喘《あえ》ぎ声をあげる。

自分のものか藤谷のものか分からない先走りで濡《ぬ》れた陰茎を、藤谷の奥まった場所にもう一度擦りつける。薄《うす》い精液で濡れたその場所を手で摑《つか》んで広げると、藤谷は嫌《いや》がるように腰を揺らしたが誘《さそ》っているようにしか見えない。

「そんなとこ、見るなよ…充、だめ」

赤く色の変わった皮膚《ひふ》を指先で辿る。

「んっ、やっ、だめ、だめ」

藤谷の抗議《こうぎ》を無視してゆっくりと指を埋《うず》めていく。

「やぁ——…っ」

一本目は楽に入った。中でぐるりと回すと藤谷の膝《ひざ》が震える。二本目からはきゅうきゅうと締め付けてきた。

「っあぅ…、うごかしちゃ、だめ…」

自分の息が荒《あら》くなるのが分かる。馬鹿《ばか》みたいに興奮しているのがおかしくて、それでも止《や》められなくて、あまり慣らしてもいない場所から指を引き抜《ぬ》くと硬くなった性器を押しつける。

「っ」

息を飲んだ藤谷の腰を摑んで引き寄せる。

「入れるよ」

きゅっと力の入った体を優しく撫《な》でながら肩《かた》にキスを落とす。

「んぅ…」

尖《とが》った胸の飾《かざ》りを弄りながら、ゆっくりと入り込んだ。

「ひぁ…ぁ、あぅ」

口を開きながら、苦しくて引きつる体を強く抱きしめて、それでも最後まで埋《う》め込んだ。

思い切り掌《てのひら》で握《にぎ》られているような感覚に、目眩《めまい》がしそうだった。

「ひぅ…っ」

藤谷の悲鳴じみた声に、痛みを紛《まぎ》らわせるように萎《な》えかけた陰茎《いんけい》に手を伸ばす。

「大丈夫《だいじょうぶ》か？」

肩にキスを落としながら手の中のものを愛撫して、どうにか痛みから解放してやろうとする。

「も、大きすぎ、る…」

詰《なじ》るように言われて「痛いか？」と聞いたら頷《うなず》かれる。

「足も、痛い」

そう言われてようやく俺はこいつが捻挫《ねんざ》していたことを思い出す。どこまで理性が飛んでいるんだと、自分で自分に呆れた。

ベッドの上に移動するために一度抜こうとすると、藤谷の腰が揺らめいた。

「あぁっ、だめ…」

ぞくぞくと藤谷の背中が震える。

「ぬいちゃ、だめ…だ」

「でも痛いんだろ？」

気遣《きづか》うように足首に触《ふ》れると「だめ」と言われる。

「も、いいから…奥まで、いっぱい…して」

その言葉を合図に、奥まで一度に突っ込んだ。藤谷は声にならない声をあげる。

唇を塞《ふさ》ぐようにキスをして、捻挫した足を気遣いながらも藤谷の望み通り奥まで打ち付ける。

「ひっ、あ、っん、ぁん」

何度も何度も深く突き上げていると、藤谷はもう痛いなんて言わなくなった。

その代わり返ってくるのは甘い嬌声と、うっとりとした眼差《まなざ》しだけだ。

「奥、とろとろになってる」

きついだけだった場所が、とろけていく。柔《やわ》らかくて熱く締め付けてくる内側を味わいながら、藤谷の陰茎を弄《いじ》った。

「そんなにしたら、だめ、俺…また、一人でイク」

「いいよ、いけよ」

「充も、一緒《いっしょ》に…っ」

藤谷の手が俺の手の上に置かれる。

「大丈夫、俺もいくから」

「んっ、はあっ」

びくっと、藤谷の体が震《ふる》えた次の瞬間《しゅんかん》、勢いよく尖端《せんたん》から精液が飛んだ。

「ぁー…」

ぎゅうっと締《し》まった場所から抜き出した俺は、自分の陰茎を軽く擦《こす》って藤谷の体に自分の精液をぶっかけた。

「あ」

熱い飛沫《ひまつ》が太股《ふともも》や尻《しり》に飛ぶと、藤谷は恥《は》じらうように声を上げる。

その体を抱き上げてベッドに押し倒《たお》す。

「充？」

快感の余韻《よいん》でぼうっとしてる藤谷の頬にキスをしながら「たきつけた責任はとれよ」と口にすると、藤谷は訳が分からないという顔をしながらも俺の首筋に腕《うで》を絡《から》めた。

藤谷がクランクアップを迎《むか》えた日が、映画全体のクランクアップの日でもあった。もちろんアップしたのは出演者だけで、スタッフはこの後も編集作業やらなにやらで大忙《おおいそが》しだ。特に宣伝部の山場はこれからだ。

打ち上げはスタジオ近くの居酒屋を借り切って行われたが、そのときに藤谷とスタッフ、矢代監督《かんとく》が隅《すみ》の方で緊張《きんちょう》した面《おも》もちで話しているのが目に入った。

気になっていると、話し終えた藤谷が俺の近くに来て「どうしよう」と口にした。

「何かあったのか？」

「台本、無くしたみたいだ」

「え？」

「楽屋に置き忘れたんだ。今スタッフの人が見に行ったら無くなってたって」

藤谷は青い顔でそう呟《つぶや》く。台本はパート毎《ごと》にスタッフが回収していた。それはネタバレを防ぐためだと矢代監督が顔合わせの時に言っていた。

映画の原作であるマンガでもネタバレがあって、推理の謎《なぞ》解きがマンガよりも先にネットで出回ったことがあると聞いた。そのため原作者がやたらと神経質になっていて、監督も出演者も人一倍気を付けていたのに、最後の最後でこんな事態が起こるとは思わなかった。

「どうしよう」

青くなる藤谷同様に矢代監督も硬い顔をしていた。

打ち上げだというのにその話を知った俺達はとても騒《さわ》ぐどころではなくなった。未成年の俺達はどうせこんな場所じゃ酒なんて飲めないので、一時的に抜け出してスタジオに戻《もど》り台本を捜索《そうさく》した。

しかし結局なにも見つからずに、藤谷と俺はプロデューサーから「もういいからとりあえず打ち上げに戻ってこい」と言われて、収穫《しゅうかく》もないまま二次会の会場に向かった。

その台本がどうなったか解《わか》ったのは、それから一週間後のことだった。

俺はそのとき丁度、次に始まる舞台《ぶたい》の稽古《けいこ》を本気塾の稽古場で行っていた。

首にかけたタオルが汗《あせ》を吸って重くなるのをわずらわしく思っていた時に、マネージャーの下村が慌《あわ》てた様子で稽古場に現れると、俺達が練習しているのも構わずに俺を呼んだ。

その様子に何か不吉《ふきつ》なものを感じて、俺は稽古相手である後輩《こうはい》に断ってから下村の側《そば》に行く。

「どうかしたのか？」

下村が焦《あせ》った顔をしているのなんて珍《めずら》しい。

「相当まずいことが起こりました」

続きを促《うなが》す前に下村が俺に携帯《けいたい》電話を渡《わた》す。相手が誰《だれ》だか知らずに出ると、矢代監督だった。

「はい」

『俺だ。映画のラストがネットで出回ってる』

そう言われて、俺は思わず先日の打ち上げで知った藤谷が無くした台本のことを思い出す。

「どういうことですか？」

先ほどまで火照《ほて》っていた体が急に冷える。

『犯人役が凪と対決して死ぬ吊り橋《つばし》のシーンが映画の告知サイトやスポンサーのテレビ局、関係機関のサイトの掲示板《けいじばん》に書き込まれたんだ。藤谷君の書き込みがのってる台本の画像まで出回ってるよ』

疲《つか》れたような声で矢代監督が言う。

『とりあえず、充にも連絡《れんらく》しておこうとおもって』

矢代監督の背後はざわついていた。今回のことでもめているのかもしれない。

『原作者の先生から公開を中止しろって抗議《こうぎ》が来てて、もう大変なんだよ』

ため息のように矢代監督がそう言った。

「それは無理でしょう？」

もう映画はクランクアップしている。今更《いまさら》公開中止になったら、何十億の損害になるか知れない。それほど今回の企画《きかく》では大勢の人間が動いている。今までの宣伝活動だって全《すべ》て無駄《むだ》になる。たとえ原作者と言えど、一個人の意見で公開自体が中止になることはありえないだろう。

『うん。それは向こうも解ってると思うんだけど、そうとう機嫌損《きげんそこ》ねちゃっててね。ほら、映画と同時にマンガがコラボで出る話があっただろ？　あれも無くなりそうな勢いでさ。とにかく、参ってるんだよ』

「どうするんですか？」

俺の疑問に矢代監督は「まだわからないけど、撮《と》り直したいと思ってる」と言った。

『犯人を変えることはさすがにできないけど、ラストのシーンは変えられる』

「ラストを変えるって、今からですか？」

『次の仕事が始まってるのは解ってる。だけど一日でいいから俺にくれないか？』

矢代監督とは前にも一度仕事をした。あの時は俺はまだガキで、矢代監督はまだ助監督《じょかんとく》だった。矢代監督は俺の知る映画監督のなかでは一番穏和《おんわ》なタイプだ。他《ほか》の監督に比べれば怒《おこ》る回数も少ないし、柔らかい言葉とそれに相応《ふさわ》しい茫洋《ぼうよう》とした風体でいまいち貫禄《かんろく》に欠ける人だ。

その矢代監督がひどく切羽《せっぱ》詰《つ》まった声でそう口にする。

「一日でも、二日でも、好きなだけ空けますよ」

迷わずそう口にすると、近くにいた下村が焦ったような顔をしたが、スケジュールを考えるのが彼の仕事だ。普段《ふだん》打ち合わせや撮影《さつえい》への同行はしないのだから、それぐらいの仕事はさせてもいいだろう。それに俺だって、すでに世間に公表されてしまったラストをそのまま晒《さら》すのは役者として嫌《いや》だ。

『助かる』

矢代監督はほっとしたようにそう言うと、詳《くわ》しい話は決まってからまた連絡すると通話を切った。

俺は藤谷の事が頭に浮《う》かんだ。きっと今回の件で責任を感じて落ち込んでいるんだろう。フォローの電話を入れようとして何度かコールしたが、忙《いそが》しい藤谷が電話に出ることは無かった。

「塾長《じゅくちょう》に報告したほうがいいですよね」

怯《おび》えたようにそう聞いてくる下村に「自分で考えてくれ」と言い捨てて、俺は後輩に謝って稽古を続ける。それでも映画のことばかり考えてしまいとても身が入らず、らしくもないとちりを何度も繰《く》り返して後輩を呆《あき》れさせてしまった。

頭を冷やすと断ってから稽古場の壁《かべ》に寄りかかって座る。後輩達の演技を見ながらも、頭の中を占めているのは先ほどの話だ。

――台本を奪《うば》うことができるのはあの時の出演者とスタッフだけだ。

仲間を疑うなんてひどく嫌な気分だが、そう考えてしまうことを止められなかった。


矢代監督から連絡があってからの一週間は殺人的なスケジュールだった。いつ撮影が入ってもいいように、出来るだけスケジュールは前倒《まえだお》しした。舞台の仲間にも無理をいって、何度か稽古を優先的にさせてもらった。

舞台の稽古に加えて学校を欠席していた分の溜《た》まったレポートや、映画の宣伝活動で最近ろくに寝《ね》ていない。子役の時から一日五時間程度の睡眠《すいみん》しかとっていないが、最近はその五時間すら危《あや》うい。だけど、それを表に出さないのが俺達の仕事だ。

といっても、それはあくまで仕事中のことだ。

「おい、こら井川！」

ぱこんと丸めた教科書で頭を叩《たた》かれて、俺はいつの間にか閉じていた目を開ける。

学校にいるとどうも気が抜《ぬ》けてしまいがちだ。

「寝るなら外」

そう言って、担任が教室の外を指す。

「すみません」

素直《すなお》にそう謝って手元のノートを見ると、アラビア語のように横に繋《つな》がった文字が羅列《られつ》されている。自分が書いたとは思えないほど判読不能な日本語と、黒板にびっしり書かれた文字を見て写す気が萎《な》える。

教師だって何クラス分も同じ事を黒板に書いて消す手間を考えたら、プリントアウトして配ったほうが早いだろう。黒板を使うのは双方《そうほう》にとってメリットがない気がする。

「世界史をちゃんと勉強しておけば、いつかナポレオンやアントワネットの役が来ても戸惑《とまど》わずにできるぞー」

教師のその軽口に何人かの生徒が笑う。

どうにか目を開けていようと思ったが、やはりどうにも眠《ねむ》い。ポケットの中にあったガムを噛《か》みながら眠気《ねむけ》をやり過ごす。チャイムが鳴った瞬間《しゅんかん》は救われたようにすら感じたが、次の体育はどう考えてもやる気になれなかった。

かといってさぼり厳禁の保健室で寝るためには、保健医の尋問《じんもん》をくぐり抜けなければならない。その面倒《めんどう》を考えると、大人《おとな》しく授業に出た方がまだましに思える。諦《あきら》めてロッカーの鍵《かぎ》を開けて体操着を取り出そうとすると、奥の方で何かが光った。指を伸《の》ばして探《さぐ》ると、チャリという金属音がする。それはいつか川添達から奪うようにして貰《もら》った体育倉庫の鍵だった。

「早く着替《きが》え行かないと遅《おく》れるぞ」

教室のドアのところでこちらを振《ふ》り返る川添に「欠席する」と言って、鍵を持って反対側のドアから出る。大口を開けて欠伸《あくび》をしながら非常階段を下りていると、いきなり後ろから腕《うで》を摑《つか》まれた。

「ねぇ。ちょっと待ってよ」

そう声を掛《か》けられて振り返ると、見知らぬ女子がいた。雰囲気《ふんいき》的には芸能科のようにも思えるが、芸能界でも学校でも見かけた記憶《きおく》がない。

「井川君に見て欲しいものがあるんだけど」

そう言って、いきなり俺に一枚の写真を見せた。最初は何が写っているのか解らなかったが、よく見るとそれが台本のようだと気付いた。二枚目の写真はもっとアップで撮影されていて、随所《ずいしょ》に藤谷の書き込みが見て取れた。

「出回ってる台本だと思うんだけど」

確信的に微笑《ほほえ》みながら女子は俺の手から写真を取り返す。

「みたいだな。それをどこで手に入れたんだ？」

目の前の彼女が黒幕だとは思えずにそう尋《たず》ねる。口調は無意識にきつくなってしまいそうだったので、意識して柔《やわ》らかくした。折角《せっかく》向こうから出向いてきた解決の糸口を、ここで逃《のが》すわけにはいかない。

「教えてあげてもいいよ。だけど、その前に一つお願いがあるの」

彼女は俺を上目《うわめ》遣《づか》いに見上げると、「ずっと好きだったの。私とつきあってくれない？」と言った。

「つきあう？」

意外な言葉に眉根《まゆね》を寄せた。

金を要求されるか、もしくはそれに似たものを求められると思っていた。

「そうよ。口約束じゃなくて、ちゃんとつきあって。私を恋人《こいびと》にしてくれたら、教えてあげる」

にっこりと微笑む女子に、ため息をかみ殺す。

どうせつきあうと約束してもすぐには教えてくれないんだろう。もっとも俺は彼女の要求を飲むつもりはないし、裏切り者は少しでも早く知りたい。

矢代監督《かんとく》のスタッフが関《かか》わっているなら、そいつを排除《はいじょ》しなければならない。そうしないと新しく撮り直してもまた流出してしまうだろう。

「嫌だっていうなら、もう一人の人に頼《たの》むわ」

そう言われて、頭の中に藤谷が浮かぶ。

俺のことがずっと好きなんじゃなかったのか、と心の中で苦笑《くしょう》する。

彼女がそんなことを持ち掛けても、藤谷も馬鹿《ばか》じゃないから要求を飲んだりはしないだろう。

だけどあいつのことだから、また自己嫌悪《けんお》に駆《か》られて頭を悩《なや》ませるんだろう。

「どうするの？」

「そうだな」

前に鹿山は俺が演技をするときのことを、服を着替えるように別人になると言った。確かにそれが俺の特技であり、役者としての武器だ。一番最初に着るときは人一倍苦労するし、他の役者よりも時間がかかる。だけど一度着てしまえば、再び着るのは簡単だ。

かつて女を食い物にし、貢《みつ》がせる「悪い男」を演じた。その服をもう一度着る。

俺は女子の頬《ほお》に指を滑《すべ》らせた。促《うなが》されるように女子が顔を上げる。それから、少し乱暴に茶色の長い髪《かみ》を摑んで引き寄せた。

「悪いけど無理だ」

そう言って俺は女子に口付ける。舌を使い、唇《くちびる》を使い、手を腰《こし》に回して吐息《といき》すら奪うように何度も何度も。すると、女子は突然《とつぜん》がくんと腰をくだけさせて廊下《ろうか》にへたりこむ。座り込んだ彼女を見下ろしながら、俺はその顎《あご》を指先で上に向かせる。

見下ろした彼女の目がキスの余韻《よいん》で潤《うる》んでいるのを見て、彼女が俺の演技に引きずり込まれていることを確認《かくにん》した。

「俺が好きなんだろ？　だったら、教えてくれるよな？」

甘い声で、だけど拒絶《きょぜつ》することを許さないぐらいに強く言う。

素《す》だったらこんなこと恥《は》ずかしくてできないが、演技に入ればなんだって出来る。

女子は頰を赤くしたまま逡巡《しゅんじゅん》していたが、しばらくしてから掠《かす》れるような声で「盗《ぬす》んだのは、赤座虹子《にじこ》のところにいたスタッフよ」と言った。

赤座虹子は矢代監督と仲の悪い映画監督だ。歳《とし》が近いらしいから余計にライバル意識もあるのかもしれないが、赤座監督は矢代監督を異常なほど毛嫌《けぎら》いしているようだ。

もしも、今回の事件の首謀者《しゅぼうしゃ》が赤座監督なら確かに異常だ。

「なんで君が写真を持ってるんだ？」

「頼まれたのよ。藤谷京一に渡《わた》して欲しいって」

「どういうことだ？」

「良く知らないわ。でも赤座虹子のところにいる録音部の子から頼まれたの」

続きを促すように視線を向けると、彼女は恥じらうように俯《うつむ》く。

「名前までは解《わか》らないわ。でも、結構いいお金を提示された」

「いいのか？　脅《おど》す相手が俺じゃ、その金は貰えないんだろう？」

「だって私、お金なんか持ってるもの。そんなものより、お金で買えないものが欲しいわ」

そう言って俺を見あげる女子の唇にもう一度キスを落とす。

「教えてくれてありがとう」

うっとりとしたままの女子の頬を軽く撫《な》でて、耳元に口を寄せて礼を言った。そのときにさりげなく彼女の手から写真を奪う。

さっきまでの威勢《いせい》の良さを失ってへたり込んだままの女子を残して、当初の予定通り体育館に向かう。

幸いなことに次の時間に体育館を利用するクラスはないようで、重い鉄の扉《とびら》を開けて例の体育倉庫に向かう。鍵を開けて中に入り、積み上げられて高くなっているマットに倒《たお》れ込むように横になる。中はスポンジで表面はビニールで出来た体操部用の青いマットは、従来の白い布製のものとちがってそれほど硬《かた》くない。寝心地《ねごこち》がいいわけではないが、横になれるだけましだ。目を閉じればすぐにでも眠れそうだった。なのに、俺の後を追うように誰《だれ》かが体育館に入ってくる足音がする。教師にでも見つかったのかと、眠くて回転の鈍《にぶ》った頭で言い訳を考えた。思いつく前に鍵をかけ忘れた倉庫のドアが開けられる。

「こんなところで何してんだよ」

「……お前か」

ほっとして再びぐったりとマットに体を預ける。立っていたのは教師ではなく藤谷だった。いつもよりもずっと不機嫌《きげん》そうな顔をして入り口に立っている。

先ほど知った事件の黒幕の事を教えてやろうかと思ったが、確証もないうちから言うのは躊躇《ためら》われた。俺は結局それについては黙《だま》っていることに決めて、「入るなら閉めろよ」とだけ言った。
藤谷は表情をますます曇《くも》らせたが、大人しくドアを閉めると内側から鍵を掛けた。そのまま
こちらに来るのかと思っていたら、ドアに背を付けたまま俺を睨《にら》み付ける。
きつい視線の意味が分からないまま見つめ返すと、藤谷は「充には失望した。思ってたより、
あんた最低だよな」と馬鹿にするように言った。
「何がだよ」
棘《とげ》のある口調に触発《しょくはつ》されて、自然と俺の声にも棘がまじる。最近はあまりの疲《つか》れと睡眠《すいみん》不足
で苛々《いらいら》している。折角眠《ねむ》れると思った矢先に女子に捕《つか》まったり、藤谷に謂《いわ》れのない怒《いか》りをぶつ
けられたりして、自分でも明らかに気が短くなっているのが解る。
「誰でもいいんだろ？　岬サクラでも、鹿山でも、俺でも、さっきの女でも。簡単に足開く相
手なら誰だって同じなんだろ？」
さっきのを見られていたのかと、俺は面倒《めんどう》くさくなった事態にため息をかみ殺す。これだっ
たら相手が教師のほうがましだった。
「さっきのは、ちがう」
「何がどうちがうんだよっ」
「恋愛《れんあい》感情なんかない。ただの、キスだ」
藤谷が台本の件で落ち込んでいるのを知っていたから、犯人を暴《あば》いてやりたかったなんて言
ったら押しつけがましく聞こえるだろう。それに俺にとってあれは、言葉通りたかがキスだ。

1
2
3
4
5
6
7

何百回としてきたなかの、一回に過ぎない。

「充にとってはそうだろうな。ただのキスなんだろうけど、さっきの女や俺にとっては違《ちが》う」

硬い表情で藤谷は呟《つぶや》く。

「俺と最初にしたキスだって、充にとってはただのキスだったんだろ？」

起きあがり、藤谷に手を伸《の》ばそうとしたら弾《はじ》かれた。

「どうせ恋愛感情なんて無いんだろ？　俺が充のこと好きなように、充は俺のことを好きなわけじゃないんだよな。ただの同情だったんだろ？」

「藤谷」

「こんな風に中途半端《ちゅうとはんぱ》に受け入れられるぐらいなら、初めから拒絶されたほうがましだった」

頭に血が上ってるらしい藤谷は俺が何を言っても聞く耳を持とうとしない。落ち着かせようと黙っていると、そんな俺の態度が余計に藤谷を熱くさせたようだ。

「もういい。結局最初から無理だったんだ。もう、充のことを追いかけるのやめる」

こんなのどこにでもある駆け引きだ。つきあった女達の何人ともこんな会話をしてきた。

別れる別れない、会わない会いたい。しばらく経《た》って冷静になれば、口にした言葉と反対のことを躊躇いもなく言う。

いつもはそんなセリフに「そうだな」と頷《うなず》いて、相手から再びコンタクトが来るまで待つ。

もしコンタクトがなくても、それはそれでよかった。そのときは新しい出会いを探すだけだ。

だけど慣れてるはずのそのやりとりが、俺にはできなかった。

気付けば藤谷の前で退路を塞《ふさ》いでその瞳《ひとみ》をにらみ返していた。

「別れたいってことか？」

瞳を覗《のぞ》き込んで口にする。色素の薄《うす》い琥《こ》珀《はく》色の瞳が、一瞬《いっしゅん》怯《おび》えたように縮まる。

「なぁ、なんとか言えよ」

黙ったままの藤谷に焦《じ》れて、むき出しの首筋に唇を寄せる。

「…やめろよ」

触《ふ》れた途《と》端《たんぽ》絞り出すような声で藤谷が拒絶する。抵抗《ていこう》するように身を捩《よじ》られて、ますます触れてやりたくなった。

乱暴に体を引き寄せて、先ほどまで俺が寝ていたマットの上に押し倒す。どさりと音がして、藤谷が小さなうめき声を上げる。

「俺は好きだって言っただろ。信じられないなら信じなくていいけどな」

キスをしながら服の中に手を入れる。

全部脱《ぬ》がすことはせずに、制服のボタンを外して素《す》肌《はだ》に触れる。

「何、考えてんだよ。ふざけんなっ」

足を蹴《け》られたから、足首を摑《つか》んで大きく開いた。制服の上から足の間を膝《ひざ》で乱暴に押し上げると、藤谷の顔が赤くなった。

「や…嫌《いや》だっ」

暴れて逃《に》げようとする体を封《ふう》じ込めて、掌《てのひら》で愛撫《あいぶ》する。嫌がる体を強引《ごういん》に暴いた。

柔《やわ》らかな耳に舌を這《は》わせて、滑《すべ》りのいい肌《はだ》の上を掌で辿《たど》る。

「っんや、充っ」

嫌々《いやいや》と頭《かぶり》を振《ふ》るから、下着の中に手を入れて奥まった場所に触れる。

その瞬間《しゅんかん》びくりと藤谷の体が固まる。入り口を確かめるように何度も指で押していると、教え込まれた快感を思い出したのか、そこが指を押し返すように動く。

「嫌なのに反応してる」

もう片方の手ですでに勃《た》ちあがった藤谷の性器に触れた。硬くなってきたその根本をゆるく擦《こす》りあげると、びくびくと藤谷の体が震《ふる》える。

「っあ、こんなの、嫌だ…っ」

泣き声混じりに藤谷が言う。

「お前がしてほしいって最初に言ったんだろ？」

やめるとか諦《あきら》めるとか、そんな風に言うな。俺はとっくに落とされているのに、切り捨てるように言われたら俺の気持ちはどうすればいいんだろう。

「お前は俺のもんだろ」

這うように逃げようとした体を引き寄せて、俺の熱くなった欲望を太股《ふともも》にあてる。

「嫌がるなよ」

少し乱暴な仕草で、膨《ふく》らんだ乳首《ちくび》を甘嚙《あまが》みする。

その途端《とたん》上がった高い声にさらに劣情《れつじょう》を煽《あお》られながら、触れるだけだった場所に指を滑り込ませる。

「ひっぁ……」

喉《のど》を晒《さら》して高い声を上げ、耐《た》えきれないと言うようにマットに爪《つめ》を立てる。

透明《とうめい》な液を滲《にじ》ませている性器の尖端《せんたん》を親指で軽く弄《いじ》ると藤谷は唇《くちびる》を噛《か》んで嬌声《きょうせい》を殺す。だけど口の端《はし》から、堪《こら》えきれない声が漏《も》れる。その様が見たこと無いくらい淫靡《いんび》で、わざとやってるんじゃないかと疑いたくなる。

藤谷の下着を脱がせて足を大きく広げると、藤谷は「やだっ」と体を起こそうとしたが、俺に阻《はば》まれてそれもできずに目を瞑《つぶ》って首を振る。

「嫌だ、充」

泣き声のように言う。

「さっきからそればっかりだな、お前」

咎《とが》めるようにそう言って、指が入っていた場所に自分のものを当てると藤谷の体が硬直《こうちょく》したのが解《わか》る。

「こういうときは、良いって言えよ」

そう言ってから、ゆっくりと藤谷の中に入る。柔らかくて熱くて、それでいてきつい内壁《ないへき》に圧迫《あっぱく》される感覚が気持ちよすぎて、俺の方が先にいってしまいそうだ。

「すげ、お前のなか」

ぐん、と足を掴んで腰《こし》を打ち付けると藤谷は「ひっ」と声を上げる。その瞬間《しゅんかん》、眦《まなじり》から涙《なみだ》が一筋こぼれた。やけに綺麗《きれい》に見えたそれを、俺は舌先で追いかける。

そのまま薄く開いた唇を舐《な》める。

「や…っ、ぁあぁ…っ、ひっ、く」

藤谷の中は引きつるように強《こわ》ばった。それでも快感を知っている体は何度も挿入《そうにゅう》を繰《く》り返すうちに、次第《しだい》にやわらかく収縮を繰り返すようになる。

貪欲《どんよく》に奥まで誘《さそ》い込むように藤谷の粘膜《ねんまく》が絡《から》みつく。

「うっ、…ぁ」

髪《かみ》の隙間《すきま》から見える可愛《かわい》らしい耳に舌を這わせると、藤谷の背中がぞくぞくと震える。

「だめ、もっ…ぁっ」

激しく突《つ》き上げると藤谷は俺より先にいってしまった。感じたせいでほてった体が色っぽくて、俺は藤谷に構わずにそのまま中を突き上げる。

「あっ、あっ、や…ぁっ」

「俺は別れないから」

あんなくだらないキス一つで、手放してたまるか。

「ふっ…」

めちゃくちゃに突き上げて、藤谷の中で吐精《とせい》した。陰茎《いんけい》を抜《ぬ》き去った後、中に出した精液を搔《か》き出すように指を入れると、藤谷は唇を嚙んで嗚咽《おえつ》を堪える。

汚《よご》れた体を拭《ぬぐ》って、服を着せてやる。喋《しゃべ》らない唇にキスをしようとすると、いきなりぐいっと藤谷に体を押しやられ頰《ほお》を叩《たた》かれた。

女とは比《ひ》較《かく》にならない強い力に、俺は顔を顰《しか》める。

「俺が信じないんじゃなくて、充が信じさせてくれないんじゃないか」

ぼろぼろと涙をこぼす目を藤谷が服の袖《そで》で乱暴に拭う。

「もう俺に触《さわ》るなっ」

追いかけようとした手をすり抜けて、そのまま逃げるようにいなくなった藤谷の後ろ姿を見て、俺はすぐに後悔《こうかい》した。

滑稽《こっけい》なほど愚《おろ》かな自分に苛《いら》立《だ》って、やりきれない気持ちのまま頭を抱《かか》えた。

「何やってるんだ、俺は…」

好きな子を泣かせるまで自分の愚かさが分からないなんて、救いようがない馬《ば》鹿《か》だ。


撮《と》り直し分の撮影《さつえい》は早朝に地方都市の交差点で行われた。

とりあえず一日で撮り直す予定だと告げられた時は驚《おどろ》いた。現場についてから監督《かんとく》に本当に一日で撮り直すのか聞けば、「今のところばらされてるのはラストに犯人役が死ぬシーンだけでしょ？」と言った。

「まだ犯人役の名前も、殺害される人の名前もトリックも明かされてない」

俺は先日学校の女子から聞いた情報をあのとき貰《もら》った写真と共に映画のプロデューサーに伝えてある。おそらく監督や鹿山にもプロデューサーから話はいっているだろう。

「だからラストを撮り直すっていうよりも、ラストを加える」

「もしかして、エンドロールの後に入れるってことですか？」

俺の疑問に監督は「その通り」と答える。

海外の映画ではたまに見られる手法だが、日本の映画ではあまり多くない。本編が終わって最後にキャストやスタッフの名前が長々と流れたのち、ファンサービスとして一分程度の映像が流れることがある。DVDに収録されるとも限らないその映像を見るために、本編が終わっても館内のライトが点《つ》くまで席を立たない観客も多い。実際俺もそうしている。

本編のラストのその後が描《えが》かれていたり、本編では明かされていなかった謎《なぞ》が明かされていたりする。映画だけでなくCDでもそういった手法があるらしい。サービストラックといって、CDをかけっぱなしにしたまましばらく放置しておくと、曲目に書かれていない曲が鳴り出す。

こういった隠《かく》れたおまけはどこの世界にも存在するのだろう。

「要は、死んだ犯人が生き返ればいいわけだ」

「安直な」

鹿山のセリフに監督は「俺は意外性が売りなんだ」と口にする。

「すでにばらされたラスト通り公開したら、俺の意外性がなくなる」

確かに撮り直すよりも映像を付け加えたほうが、本編をいじらなくて済むから楽に違《ちが》いない。

費用もあまりかからないで済むし、編集作業にもあまり影響《えいきょう》しないだろう。

地元の市職員が車を誘導《ゆうどう》する交通係のスタッフに細かい指示を与《あた》える。通行止めにして使うスクランブル交差点には大勢のエキストラが投入されている。今回彼らには映画の中程《なかほど》で使われるシーンだと説明されている。セリフも同時録音ではないから、実際にはどれほど重要な場面かは想像もつかないだろう。

「じゃ、エキストラの方々お願いします」

信号の画《え》は後で撮るから、通行止めにしたスクランブル交差点の信号が赤でも関係はない。

メガホン片手に助監督《じょかんとく》が「はい、スタート」と拡声器独特のぶれた声で合図すると、何十人と集めたエキストラが一斉《いっせい》に歩き出す。同時に上空からはヘリでその様子が撮影されている。

俺よりも先に、鹿山が歩き出す。俺はそれに合わせて丁度交差点の真ん中ですれ違うように歩き出した。歩調は速くも遅《おそ》くもない。俺の目は映らずに鼻から下だけがフレームに入る。鹿山は俺とすれ違った瞬間《しゅんかん》、驚いたように振《ふ》り返る。だけど、振り返ってもすぐに俺の姿は人混《ひとご》みに紛《まぎ》れて見えなくなる。

信号が変わりかけて、呆然《ぼうぜん》と立ちつくす鹿山の周りから人がいなくなっていく。辺りを見回してから、鹿山はゆっくりと自分が進もうとしていた方向に再び歩を進める。交差点を渡《わた》りきったところで、もう一度背後を振り返るがそこに俺の姿はない。今見たものを幻《まぼろし》だというように頭を振って鹿山が雑踏《ざっとう》に紛れる。

そして次に俺のクロースアップ。雑踏の中で不敵に笑う横顔にはやはり目が映らない。

そこでホワイトアウトする画面に俺の音声が被《かぶ》さる予定だ。

「そこの赤い服の方、カメラに向かって歩いてきてください」

撮影の最中《さなか》にスタッフが指示を出す。音は別録《ど》りなので、スタッフは遠慮《えんりょ》無く声を出し合っている。

撮影中は大した問題も起きなかった。一度エキストラの子が転《こ》けてやり直しが出たが、それ以外は大したNGもなく順調に進んだ。通行止めの時間が決まっているので、やり直しがあまりなかったのは幸いだった。

撮影が終わると時間が余っていた俺と鹿山は監督に呼ばれて都内にあるスタジオへと向かった。そこの編集室で監督に途中《とちゅう》まで編集を終わらせた映画を見せて貰う。

広くない編集室の中で、肩《かた》を寄せ合いながら未完成の映画を眺《なが》める。

禁煙《きんえん》の編集室の中で愛煙家の音響《おんきょう》さんが、棒付きの飴《あめ》をなめながら音声をチェックしていた。

俺と鹿山は後ろの壁《かべ》に寄りかかりながら、監督やスクリプターが細かい話をしているのを聞いていた。

「良い出来《でき》だよ」

まだ編集作業が完璧《かんぺき》に終わっていない部分も含《ふく》めて繋《つな》げて見せて貰ったが、全体的に監督が言うとおりに良い出来だった。

「藤谷君、上手《うま》くなったたな」

助監督の言葉に俺は「そうですね」と返しながら画面を見つめる。

藤谷とは先日学校でもめてから連絡《れんらく》がつかない。最近は仕事をしているとき以外はあいつの事ばかり考えている。泣かせたことを謝りたいと思い、最後にできなかったキスをしたいと考えて、自分のその思考回路に呆《あき》れる毎日だ。

――あいつが関《かか》わると、ずいぶんらしくない事ばかり考えてるな。

「ここ大変だったなぁ」

カメラチーフが画面を覗《のぞ》き込んでそう言った。

画面には美しい渓谷《けいこく》に架《か》かる吊《つ》り橋《ばし》の中程に、一人で仁が立っている姿が映されていた。

ネットに出回ったのはこのシーンだ。

『やぁ、来たんだね』

とっくにもう一人の闇《やみ》の部分に体を支配された男が、そぐわないほど柔《やわ》らかな笑《え》みを浮《う》かべる。その笑みに隠された狂気《きょうき》が見え隠れするのが、不安定に揺《ゆ》れる吊り橋の効果とあいまってうまく出ていた。ぎし、ぎし、と吊り橋の縄《なわ》が自然に出す音もちゃんと入っている。

『お前は、自分の妹も殺したのか？』

『その前に君の推理を聞きたいな。全部合ってたら教えてあげるよ』

ここまでがネットに書かれた。この先は出回っていないが、犯人が台本を一冊入手しているなら小出しにしているだけかもしれない。安心はできなかった。次の頁《ページ》には今までの殺人事件の種明かしが待っているのだ。そこが明かされてしまったら、映画として致命的《ちめい》だ。

画面の中では凪の推理を聞き終わった後で、「正解だよ」と笑いながら仁がこれまでの犯行の真相を凪に乞《こ》われるまま口にしている。もし公開を待たずにトリックが明かされたら、このシーンはなんの緊張感《きんちょう》もない間抜《まぬ》けなシーンになってしまうんだろう。

種明かしが済んだ後で仁は凪を殺そうとするが、最後の最後に狂《くる》っていない方の仁に助けられる。本当の人格が、狂った人格を殺すために吊り橋の縄を切り落とす。

「これも骨を折ったよ」

映画を観《み》ているとそれぞれ苦労したシーンが違《ちが》う。カメラや照明、録音や大道具、そして俺達役者はそれぞれのシーンに思い入れがある。単純な画に見えても、そこには観客には見えない苦労が隠れているのだ。

その苦労を心ない誰《だれ》かに踏《ふ》みにじられて、黙《だま》っていられるわけがなかった。

出回った台本のことを考えて、知らず知らずのうちに表情が硬《かた》くなる。

だけどラストシーンを見ていて、ふいに硬くなったその表情が緩《ゆる》む。

事件が解決して穏《おだ》やかな日常を取り戻《もど》した後で、凪がそっと目を伏《ふ》せて奈々の手を握《にぎ》る。

その最後の凪の顔がなんとも言えない哀愁《あいしゅう》に満ちていて、俺は役者としてどきりとさせられた。京都で俺の作る雰囲気《ふんいき》に飲み込まれたと言っていたが、俺は今あいつが作り出した雰囲気に飲み込まれた。

「本当に、うまくなった」

俺の言葉に何人かが頷《うなず》く。

「この後に、さっきのシーンが入るわけですか」

鹿山がほうっとため息に似た吐息《といき》をはき出す。

「そうだよ」

監督は鹿山の言葉に頷くと、助監督に「さっきのところ、もう少し尺が短くてもいいかもな」と言った。

「そうなると、次作の存在を予感させるような感じですね」

鹿山の言葉に今度は助監督が「なんかわくわくするような終わり方だろう?」と言った。わくわく、という言葉が正しいのか解《わか》らないが、禍根《かこん》を残すような終わり方は個人的に好きだ。サイコものにありがちだと言われるかもしれないが、そういうラストは観客の想像力を掻《か》き立てる。

時計に目を落とせば、もう四時間近く映画を眺めていた。これを半分に切りつめていく作業は大変そうだ。

「予定外の作業も加わったから、少しごたごたしたけど二人が協力してくれて良かったよ」

監督《かんとく》の言葉に、俺は「これ以上映画の内容が外に漏《も》れないといいですね」と口にした。

その言葉には重苦しい沈黙《ちんもく》が返ってきただけだったが、思っていることはみんな一緒《いっしょ》だろう。

しばらくしてから矢代監督は「充から聞いた線で調べているよ」と言った。

だけど編集室を出るときに、スタッフの一人が「赤座監督がそんなことをするとは思えないけどな」と口にしたのが聞こえた。

藤谷に会えたのは、あれから数日後のテレビ局だった。

映画の宣伝のために出る情報番組で俺と鹿山が司会者と話していると、藤谷が時間通りにスタジオに現れる。今日はバンドの衣装で来ていた。

「京」

声をかけると藤谷はゆっくり振り返る。

本名を知っていても、こういう場所ではそれで呼び合わないのが暗黙《あんもく》のルールだ。

「何だよ？」

不機嫌《ふきげん》そうな表情は映画の撮影《さつえい》に入る前の頃《ころ》と同じだ。だけど僅《わず》かに滲《にじ》む警戒《けいかい》を伴《ともな》った怯《おび》えは、あの頃見られなかったものだ。

「この間のことで話がある」

藤谷は俺の言葉に表情をますます硬くして「忙《いそが》しいから」と口にする。

「京！　ちょっと来てちょうだい」

プロデューサーと談笑《だんしょう》していたマネージャーに呼ばれ、ほっとしたように藤谷は俺に背を向ける。

藤谷が離《はな》れると、鹿山がスタッフに貰《もら》った緑茶のペットボトルを持って近づいてきた。

「そういえば、赤座監督も来てるんですよ。向こうも番宣らしいですよ」

怒《いか》りを押し殺した声で鹿山が言った。

「まだ確証はないんだ。決めつけるな」

「確証があったら、潰《つぶ》してますよ」

底光りする目で鹿山がそう口にした。

そんな目を見ると、鹿山の過去が少し透《す》けて見える。

鹿山がモデルの前に何をやっていたのかは有名な話だ。その辺りも女性の心をくすぐっている点かもしれない。どうも若い女子には「悪い男」というのが好きな時期があるらしい。

「すいませーん、そろそろはじめるんでセット入ってくださーい」

スタッフの指示に従って俺達はセットの中に入る。ライトが眩《まぶ》しいが少しの間だと我慢《がまん》して、映画についての質疑応答を司会者と交《か》わす。その間しゃべるのはほとんど俺と鹿山だった。

藤谷は愛想《あいそ》笑いも浮かべずに淡々《たんたん》と聞かれた事にだけ答える。会話を広げようとする司会者に構わずにいつもの通り、ガドの京のままで不貞不貞《ふてぶて》しい態度を取っていた。それでも藤谷が許されるのはそういうキャラクターで売れているからだろう。

「はい、いったん休憩《きゅうけい》いれまーす」

藤谷が簡単に映画の説明をした後に予定通り休憩が入る。

放送ではこの後に映画のメイキング映像が入る予定で、そのメイキングが終わってから矢代監督も交《まじ》えて映画の見所を話す。

だが、スタッフがばたばたと騒《さわ》いでいるところを見ると、矢代監督がまだ着かないようだ。

会話の端々《はしばし》から首都高で事故があって、監督の乗った車が渋滞《じゅうたい》に巻き込まれていることが解った。

長めの休憩になるなと覚悟《かくご》していると、藤谷が携帯《けいたい》をちらりと見た後でマネージャーに断ってスタジオを出ていくのが見える。

ここで話さないと学校ではいつ会えるか解らないので、俺はさりげなくまわりに気付かれないようにスタジオを出る。トイレかなにかだろうと当たりをつけて、そちらに向かうと藤谷の後ろ姿が廊下《ろうか》の向こうに曲がるのが見えた。

追いかけると倉庫の方に向かう。何故《なぜ》そんなところに行くのかと思ったら、近づいたところで藤谷が誰かに話しかける声が聞こえる。

「あんたがメールの送信者か？」

藤谷の声に女の声が「そうよ」と答えた。

「来てくれて嬉《うれ》しいわ」

「じゃあ、台本を盗《ぬす》んだのもあんたなんだな？」

その問いかけに思わず息を飲んだ。一体どうなっているんだと耳を澄《す》ます。

「盗んだのは他《ほか》の子で、その子に盗むように指示したのは赤座監督よ。内容を漏《も》らしたのも彼女だわ」

「……なら、なんであんたが台本を持ってる？」

「赤座監督は私に絶対の信頼《しんらい》を寄せてくれてるもの。流出が一部で済んだのは私が彼女を止めたおかげなのよ」

恩着せがましくそう口にして、この状況《じょうきょう》を楽しむように女は笑う。

「台本は私が預かってるけど、でもまだ返せないわ」

「俺を脅《おど》してるのか？」

咎《とが》めるような声で言った藤谷に、女は悪びれもせず「脅しじゃなくて、お願いよ」と答える。

「京の返答次第《しだい》で全部ばらしちゃうかも」

今のところ、ラストは出回っていたが肝心《かんじん》な情報は出回っていなかった。犯人の名前は伏せられていたし、殺害のトリックも明かされていない。それを明かさなかったのはおそらく、このためなんだろう。

「返答？」

「これ以上ばらされたくないでしょ？　だったら、私とつきあって」

どこの女も考えることは一緒だ。

俺は色仕掛《いろじか》けで相手を制したが、藤谷はどうするのかと思った。あいつが俺の時みたいに、相手の女にキスをしたりしたらと想像しただけで不愉快《ふゆかい》な気持ちになる。

その瞬間《しゅんかん》に、あいつの怒りが解った。

俺は自分が誰かとキスすることに対して、大した意味なんて持っていなかった。役者の副作用だろう。だけど藤谷が誰かにそれをするのは嫌《いや》だ。

絶対に許せない。

けれど、藤谷が取ったのはそんな行動ではなかった。

「できない」

「……ばらされてもいいの？」

女の言葉に着崩《きくず》れの音がする。どちらも何もしゃべらないのが気になって覗《のぞ》き込むと、藤谷が女に頭を下げていた。腰《こし》から体を二つに折るみたいにして、女に思いとどまらせようとしている。

あのプライドの高い男がそんなふうにしているのを見て、いてもたってもいられなくなった。

「今の話、本当か？」

思わず飛び出して、女から藤谷を隠《かく》すように間に入る。俺を見た途端《とたん》に女は一瞬《いっしゅん》戸惑《とまど》ったが、すぐに先ほどの意地の悪い笑《え》みを浮《う》かべた。

その顔には見覚えがある。テレビドラマを中心に活躍《かつやく》している女優だ。スキャンダルばかり起こしているが、実力派の役者だ。確か赤座監督の新作にヒロイン役で出演する。

「本当よ。言っておくけど、訴《うった》えても無駄《むだ》だからね。私の後ろには赤座監督がついてるのよ。赤座監督ならこんな証拠《しょうこ》もないスキャンダル、簡単に握《にぎ》りつぶせるわ」

勝ち誇《ほこ》ったように口にしてから「どうするの？」と続けた。

「今回の件が公《おおやけ》になれば、京は役者として終わりだわ。台本の流出は京の仕業《しわざ》ってことにもできるんだから」

ふざけるなと思ったが、女の言葉は事実だ。赤座監督ならそんなこと簡単だろう。いくら光《こう》楽《がく》でも、力の及《およ》ばない分野はある。赤座監督には強力な後ろ盾《だて》も業界での地位も、コネもある。

彼女だけじゃない。彼女の父親も母親も、この業界では無視できない存在だ。

でも、だからといってこのまま見過ごすことなんてできない。残念ながら長いものに巻かれるのは昔から苦手なんだ。

「そんなことさせてたまるかよ」

威圧《いあつ》するように近づくと、怯《おび》えたように女が後ずさる。

「私に何かしたら、赤座監督《かんとく》が黙《だま》ってないわよっ」

業界での地位は矢代監督よりも赤座監督の方が上だ。生半可な証拠じゃ簡単に握りつぶされるだろう。でもだからといって、藤谷を犠牲《ぎせい》にすることなんてできない。

だったらまだばれていない犯人役の名前も、殺される登場人物の名前も、全《すべ》てばらされてしまうほうがましだ。

監督やスタッフには悪いが映画よりも何よりも、俺はこいつの方が大切なんだ。

「好きにしろよ。その代わりこいつには近づくな」

「……じゃあ、あんたも映画と一緒《いっしょ》につぶれればいいわ。台本の件は、あんたの仕業ってことにしてあげる」

「っ」

背後で息を飲んだ藤谷が俺を押しのけて女に摑《つか》みかかろうとするのを押さえる。

「赤座監督相手じゃ、いくら井川充でも太刀《たち》打ちできないでしょ？　天才だって騒がれたのは過去の話だわ。今じゃ、出演料だってそこらの新人と変わらないらしいじゃない」

馬鹿《ばか》にするように女が口にする。藤谷が俺の腕《うで》から逃《に》げ出そうと必死にもがく。

「黙れ！」

鋭《するど》く怒鳴《どな》った藤谷に怯えながらも、勝ち誇ったような笑みを女は崩《くず》さない。

俺はむしろそうしてくれた方がいいと思った。藤谷のせいにされるよりも俺のせいにされた方がまだましだ。マスコミに叩《たた》かれるのは慣れている。

「行くぞ」

これ以上ここにいると暴れる藤谷を押さえられなくなりそうで、抱《だ》き抱《かか》えるようにして離《はな》れようとした。その時、女の背後に写真でしか見たことのない赤座監督が現れた。

「脅しじゃないわよ。赤座監督ならあんたなんて簡単につぶせるんだから！」

「私が何《な》んだって？」

赤座監督の登場に女が顔を強《こわ》ばらせて先ほどよりも一層怯えた顔をして背後を見る。会うのは初めてだが、実年齢《じつねんれい》よりも随分《ずいぶん》若く感じられた。高いヒールを履《は》いているせいもあるが、女性にしては背が高く近づくと俺と目線がほとんど変わらない。

美人というよりも、すっきりとした顔立ちをしていた。折れそうなほどに細い体はぴったりと張り付いた黒い服のせいで余計に華奢《きゃしゃ》に見える。それでも、存在感はあった。

細い体からは現場を仕切るだけの迫力《はくりょく》がちゃんと感じられた。

「編集作業で日にも当たれずにこもってる間にこんな話になってるとはな」

女は顔色を変えて逃げようとしたが、俺と藤谷に阻《はば》まれているのでそれもままならない。逃げられないと解《わか》ると、女は涙《なみだ》ぐんで取り乱す。

「あ、あの…、私…」

動揺《どうよう》しおろおろとする女の脇《わき》をすり抜《ぬ》けるときに、赤座監督は頭痛でも我慢《がまん》するように顔を顰《しか》めた。

「今回の件は事務所を通して報告させてもらう」

赤座監督は極《きわ》めて事務的に言い切ると、遅《おく》れてやってきた彼女のスタッフに目配せをする。そのスタッフが女を連れていなくなるのを見届けてから、赤座監督は俺の前に来ると「悪かった」と謝った。

「勇歩から事情は聞いていたんだけどな。うちの人間が犯人だとは正直知りたくなかったよ」

苦笑《くしょう》する赤座監督に対して藤谷はまだ興奮が治まらないように「あんたが指示したんじゃねーの？　まるで他人事《ひとごと》みたいに言ってるけど」と言った。

「私がもし犯人なら、手に入れた時に台本を全部流出しているだろうな。だけど、漏らされたのは一部だ。全部流出したら脅しとして使えなくなるからな」

和《やわ》らぐことのない藤谷の視線に臆《おく》することなく赤座監督は「勇歩も来ているんだろ？　誤解を解くにはあいつと話したほうが早い」と言って俺達の前に立ってスタジオに向かう。

「赤座監督の指示じゃないと言うんなら、どうしてここが解ったんですか？」

赤座監督の後を追いながら、俺はその細い背中に問いかけた。事情を知らなかったにしては、現れたタイミングが良すぎる。ここは普段《ふだん》はテレビ局のスタッフ以外が来るような場所じゃない。

「目は付けていたんだ。彼女は台本が盗《ぬす》まれた日に成城にいた人間で、ガドの熱狂《ねっきょう》的なファンだと言っていたからな。わざわざ一番盗みにくい人間から台本を盗むなんて、持ち主のファンだとしか思えない。どうもうちのスタッフが一人彼女に丸め込まれたみたいだ」

確かに藤谷から台本を盗むのは難しい。人気のある藤谷にはボディガードのようにマネージャーがついているし、スタジオの警備スタッフも藤谷がいるときはいつも以上に人の出入りに気を遣《つか》っている。それに藤谷が使っている楽屋もセキュリティがしっかりした作りになっている。

あの楽屋から藤谷の台本を盗むのはさぞかし大変だっただろう。確かに台本だけが目的なら、わざわざ藤谷から盗む必要はなかっただろう。

「わざとお前がこのスタジオにいると話したら、彼女がこっそり楽屋を抜け出したと見張らせていたスタッフが知らせてくれた。何か行動を起こすはずだと思って、急いでここまで来たんだ」

「あなたが関《かか》わっていないっていう証拠はあるんですか？」

俺の問いかけに赤座監督は表情を変えなかった。スタジオに入ると、ちょうど矢代監督が来ていた。矢代監督は俺達と一緒にいる赤座監督を見て、怪訝《けげん》そうな顔をする。

「珍《めずら》しいな、君が自分から俺に近づいてくるなんて」

矢代監督の気安い口調に驚《おどろ》いていると、赤座監督が「お前に迷惑《めいわく》をかけたのはうちの女優だと解った。悪かった」と悔《くや》しそうに頭を下げる。

それを見て矢代監督はため息混じりに「犯人が特定されたんだね」と言うと、「ま、その償《つぐな》いはあとでして貰《もら》うよ」とにやりと笑って口にする。その笑みを見て赤座監督は心底嫌《いや》そうに顔を歪《ゆが》めたが、俺と藤谷にもう一度謝ってスタジオを出ていく。

「本当に赤座監督は犯人じゃないんですか？」

まだ疑いが残る藤谷の目を見て矢代監督は「虹子が俺の書いた台本を見たのは、映画の制作が正式に決定する前のことだよ」と言った。

「ばらす機会ならいつでもあったし、わざわざ盗む必要もない。虹子にも一冊渡《わた》してあったからね」

初めて聞いたその事実に驚く。

「どういうことですか？」

「俺が脚本《きゃくほん》担当で監督は虹子になるって話だったんだよ。でもいろいろあって、結局俺が撮《と》ることになったけどね」

「仲が悪いんだと思ってました」

俺の言葉に矢代監督は複雑そうな顔で「幼なじみでね」と言った。

「子どものころ必要以上に構ってたんだよ。好きな子をいじめちゃうっていう、あの子ども特有の心理でさ。そのころの恨《うら》みがまだ残ってるみたいで、未《いま》だに嫌《きら》われてるんだよ」

見た限り、赤座監督は子どもの頃《ころ》のことを恨みに思うような幼稚《ようち》なタイプには見えない。それでもそんな人が未だに恨んでいるなんて、一体矢代監督は何をしたんだろう。

「これを機に仲良くなれそうだと思ってたんだけどね。ま、でも今回の償いで飯ぐらいは一緒に食べれるかな」

残念そうに、だけど少し嬉《うれ》しそうに語る矢代監督を見て慕情《ぼじょう》がまだ薄《うす》れていないことを知る。他人事ながら、あの人を攻略《こうりゃく》するのは難しそうだと思った。簡単に落ちるタイプには見えない。

藤谷は赤座監督が黒幕ではないと信じたのか、不機嫌《ふきげん》そうな顔をしながらも先ほどまでの爆《ばく》発《はつ》しそうな怒《いか》りは感じられない。

「あの女優、台本をまだ持っているみたいですが、これ以上ばらされることはないんでしょうか？」

不安に思っていることを口にすると矢代監督はそれに関しては力強く頷《うなず》く。

「大丈夫《だいじょうぶ》だよ。虹子が絶対にさせないだろうから」

矢代監督がきっぱりとそう言い切ったので、台本の流出を知ってから胸の中にわだかまっていたものが無くなっていく。

番組の収録が再開して、カメラが回りだすと藤谷も俺も監督も何もなかったように映画の宣伝をする。何も知らない鹿山にも、あとで事情が伝わるだろう。

収録が終わった後、監督は腕時計《うでどけい》にちらりと目をやった。

先ほど同時期に撮影をしていた赤座監督が編集明けだと言っていたように、矢代監督も編集作業で忙《いそが》しいのだろう。

「編集はどの辺りまで終わってるんですか？」

「ダビングが丸々残ってるけど、峠《とうげ》は越《こ》えてるよ。じゃなきゃこんなところ来てないよ」

苦笑してから、番組のスタッフに挨拶《あいさつ》して足早にスタジオを出ていく。

その後、俺達もスタジオを捌《は》ける。

「この後飲みに行きませんか？」

楽屋に向かって歩いていると、鹿山に誘《さそ》われた。

「悪い。この後こいつと話があるんだ」

俺が藤谷を振《ふ》り返ると、鹿山は面白《おもしろ》くなさそうな顔をする。

「また撮影でな」

鹿山を追い返すと藤谷は黙《だま》ったまま俺に付いてくる。口うるさいこいつのマネージャーに捕《つか》まらないうちに話をしたいと思い、俺の楽屋に引っ張り込んだ。

「この間の話の続きがしたいんだ」

さっき言ったのと同じようなセリフを口にすると、藤谷は目を伏《ふ》せて体を強ばらせる。

黙り込んだ藤谷を急《せ》かしたりせずに、俺はその沈黙《ちんもく》が破られるのをじっと待つ。

「全然、わかんねーよ」

しばらくしてから、絞《しぼ》り出すようにして藤谷が言った。

「充が俺のこと、どう思ってんのか全然わかんない。嫌われてるのかと思えば、好きだって言うし、つきあってみれば他《ほか》の女とキスしてるし。そのこと責めたら、無理矢理《むりやり》抱くし」

わかんなくて苦しい、と藤谷は唇《くちびる》を嚙《か》む。

「俺ばっか振り回されて、嫉妬《しっと》して頭ぐちゃぐちゃになって、だからそんなの嫌で、諦《あきら》めようとしたのに、なんで自分のこと犠牲《ぎせい》にしてまで俺のこと助けようとしたんだよ」

途中《とちゅう》から藤谷が泣き出して、涙混じりの声になる。

「こんなんじゃ俺、充のこと諦められなくなる」

「諦めるなんて言うなよ」

そんな風に言われると俺も苦しくなる。

「京一が好きだって言ってるだろ？　ずっと、そう言ってるじゃないか。信じられないなら、信じるまでずっと言うから泣くな」

薄い唇にキスをすると、それを待っていたように藤谷が抱《だ》きついてくる。強くしがみつくその腕《うで》を愛《いと》しく感じながら、細い腰《こし》に腕を回す。

「俺のことが好きなら、他の奴《やつ》に触《さわ》らせるな」

命令口調で言いながらも、必死でしがみついてくる。

俺は赤くなった藤谷の頰《ほお》に宥《なだ》めるようにキスをした。

「俺のものになるって約束したんだから、他のやつとキスなんかするな。誰《だれ》にも触らせちゃだめだ」

服の下に手を入れると「んっ」と鼻に掛《か》かった声があがる。

「わかった」

頷くと藤谷が「やくそく」と鼻に掛かった声で甘えるように言う。その声が可愛くて、止められなくなりそうだ。

だけどこのままここでするのはまずい。藤谷が止めてくれないだろうかと願いながらも、そのまま首筋に口付ける。震《ふる》える吐息《といき》が耳に掛かって余計に煽《あお》られた。

「今日、家に行っていいか？」

荒《あら》い息のままそう耳元に囁《ささや》くと「俺、充の家に行きたい」と言われた。

「いいけど、明日の仕事は？」

「学校だけだ」

なら多少無理させてもいいだろうか。

「何時頃に来られる？」

腕時計を見ながら聞くと「今日中にはいけると思う」と返ってきた。

日付が変わるあたりか。だとしたら四時間以上先になる。

「できるだけ早く来いよ」

藤谷は濡《ぬ》れた目をして頷いた。このまま離《はな》れたくないと思った。そんな目を他の奴等《やつら》に見せたくない。だけど、藤谷には仕事がある。

行かせたくないな、と思いながらもドアノブに手をかける藤谷を見送る。

「今夜、いっぱいしような」

ドアを開く前に藤谷の後ろ姿にそう囁いたら、耳が真っ赤になる。

それでもぎこちなく頷いたのがわかって、四時間も待てなくなりそうな自分に苦笑《くしょう》した。


都内にある築十年の2LDKのマンションには中学の時から住んでいるせいか、最近は荷物が増えてきた。クローゼットに収まらない分が生活スペースを圧迫《あっぱく》するのが嫌で、不要なものはすぐに処分しているが、どうしても捨てられないものが溜《た》まっていく。

仕方ないからそろそろ引っ越しも考えているが、その際にまた親と話さなければならないのが嫌でたまらない。早く成人してしまいたい。そうすればこのしがらみから抜《ぬ》け出せる。金銭的には昔から少しも頼《たよ》っていないから、今更繋《いまさらつな》がりがなくなったところで困ることなんて一つもない。

藤谷が来るのを待つ間、学校を休んだ間に溜まってしまったレポートに手を着ける。八教科分の溜まりに溜まったレポートを仕上げないと進級ができない。

「まだ五十枚も残ってるのか」

終わった分の三倍以上ある。手書きだと厳命されているのは、おそらく代筆をさせないためだろう。マネージャーや後輩《こうはい》に手伝わせる生徒が後を絶たないために設けられた決まりだが、お陰《かげ》で余計に時間がかかって仕方がない。

藤谷の忙しさは俺の比ではないから、おそらくレポートの枚数も恐《おそ》ろしいことになっているんだろう。この業界で忙しいことは良いことだが、学生の間はこういった弊害《へいがい》もある。

俺がそろそろレポートにも飽《あ》きてきた頃《ころ》に、玄関《げんかん》のチャイムが鳴る。

出てみれば、簡単に変装した藤谷が立っていた。

見た目では藤谷だとは解《わか》らないが、それでもどことなく雰囲気《ふんいき》がある。

「迷わなかったか？」

「平気」

藤谷には住所だけメールで伝えた。わかりにくい場所ではないが、マンション自体はあまり目立つわけでもないから少し不安だった。

「腹減ってないか？」

藤谷は首を振ると頭につけていたウィッグをばさりと取る。普段《ふだん》上を向いている髪《かみ》がウィッグのせいで寝《ね》てしまっている。伊達眼鏡《だてめがね》も取ってしまうと、手に持っていたバッグをどさりと床《ゆか》の上に置いた。

「制服持ってきたんだ」

藤谷はそう言ってからきょろきょろと物珍《ものめずら》しそうに部屋を見回す。

「本ばかりだな」

確かにそうだ。リビングの両サイドの壁《かべ》は本棚《ほんだな》が埋《う》め尽《つ》くしている。それに対して南側の壁は全《すべ》て窓なのでテレビを置くスペースがなく、仕方がないから寝室《しんしつ》に置いてある。

リビングにはその他にオーディオと硝子《ガラス》テーブル、貰《もら》い物の白い二人がけのソファが一脚《きゃく》あるだけだ。

興味深そうに部屋を見て回る藤谷を好きにさせていたが、一向に落ち着く気配がないのに焦《じ》れて、藤谷が寝室に行った時に追いかけて背後から抱きしめる。

「そろそろ我慢《がまん》の限界なんだけど」

素直《すなお》にそう言って、四時間前のように肌《はだ》に触《ふ》れると藤谷は「……俺も」と答えた。藤谷の体からは柔《やわ》らかな石鹸《せっけん》の匂《にお》いがする。

「いい匂いがする」

耳の後ろに鼻先を寄せてそう尋《たず》ねると、吐息がくすぐったいのか藤谷が身を捩《よじ》る。

「……するって言ったから」

その声は照れてるせいでぶっきらぼうに聞こえる。どんな顔をして抱かれるための準備をしてきたんだろうと考えたら、口元に浮《う》かんだ笑《え》みをかみ殺すのが難しくなる。今の俺はきっとすごく好色そうな顔でにやついているんだろう。

腕の中で大人《おとな》しくじっとしている藤谷の頬に後ろからキスした。そのまま振り返るようにこちらを向いた唇に口付ける。

「ん……」

藤谷の睫《まつげ》が頬に触れて、くすぐったい。キスを繰《く》り返しながら服の下の肌に指を滑《すべ》らせる。

服を脱《ぬ》がさないまま触れる前から尖《とが》っていた乳首《ちくび》を親指と人差し指の間で緩《ゆる》く摘《つま》む。

「充っ……」

名前を呼ばれてキスを止めると潤《うる》んだ目で藤谷が「俺もしたい」と言った。

「したいって何を？」

「充のこと、気持ちよくしたい」

俺を見上げていた藤谷が俺のパンツのファスナーを下ろす。

「できんの？」

からかうように聞けば「出来る」とむきになって返してくる。真っ赤な顔でしゃがみこんで、それから躊躇《ためら》うように俺の下着の中からすでに硬《かた》くなっている陰茎《いんけい》を取り出して見つめる。

そんな風にまじまじと見られると流石《さすが》に恥《は》ずかしくなる。

「藤谷、無理しなくてもいいぞ」

その言葉に藤谷は顔を上げると「下手《へた》だと思うけど、したい」と言った。

だったら俺としては断る理由なんてない。その薄《うす》い唇に擦《こす》られるのを想像しただけで、簡単に張りつめていく。

藤谷はおそるおそる舌を伸《の》ばして裏筋を舐《な》める。最初は尖らせた舌先で、次いで舌全体を使ってぺろりと舐めた。

「っ」

藤谷の髪を撫《な》でながら、なんだか無垢《むく》な子供を汚《けが》しているような罪悪感が湧《わ》く。藤谷は俺と同じ歳《とし》なのだから、子供というのは少しおかしいけれど無垢であることには変わりない。

だって、その体は俺しか知らないのだ。

「んんっ、ふ…、すこしは、気持ちいい？」

「気持ちいいよ」

ぐしゃりとその髪を乱す。

気を抜けば頭を押さえつけそうになるから、意識して手の力を抜く必要があった。

藤谷のテクニックは決して優《すぐ》れてるわけじゃないけれど、俺はこいつがくわえてるってこと自体に興奮してしまう。

「はあっ、今、びくってした」

嬉《うれ》しそうに藤谷が言う。

口に入りきらない陰茎の、根元の方を吸われて思わず「うっ」と声が漏《も》れる。

「充…」

殺しきれずに漏れた声に煽られたのか、そこから唇《くちびる》を離した藤谷が誘《さそ》うような目で俺を見上げる。俺は自分の着ていたものを脱ぎ捨てると充の服も乱暴にはぎ取って、その体をベッドの上に押し倒《たお》した。

「足開いて」

藤谷は恥ずかしそうな顔をしながらも、そろそろと足を開く。もう既《すで》に勃《た》ちあがり、ゆるく蜜《みつ》を滲《にじ》ませる場所に指を這《は》わせると、最奥《さいおう》の入り口が物欲しそうにひくついた。

「こっちも洗ってきたの？」

その場所にいつものように指を忍《しの》び込ませると、藤谷は「ぁ…っん」と嬌声《きょうせい》をあげる。

「いい声」

思わずそう呟《つぶや》いてさらに足を広げた。

指を纏《まと》めてなかをつくと、次第《しだい》に濡《ぬ》れた音が部屋に響《ひび》く。陰茎を伝う先走りが入り口の襞《ひだ》まで届いて、壮絶《そうぜつ》にいやらしい。それでも後から後から溢《あふ》れてくるその透明《とうめい》な先走りが、シーツに濡れた染《し》みをつくる。

「濡れすぎ」

「んっ…、や」

陰茎の根元をきゅっと摑《つか》むと、切なそうに体を揺《ゆ》らせる。

「いつもこんなに濡れんの？」

潤んだ目元にキスをしながら、そう尋ねる。指を包む肉襞がその質問に蠢《うごめ》く。

「知らな…い。充としか…っぁ…したことないって、言って…る」

「そうだったな」

「も、いいかげん、…焦《じ》らす…な」

その言葉に宥《なだ》めるように陰茎の戒《いまし》めを解いて、皮との境目を指で擦ると藤谷は体をのけぞらせる。

「はやく、後ろに欲しい…、も、入れて」

強請《ねだ》るように藤谷が先ほどまで舌で嬲《なぶ》っていた俺の陰茎に手を伸ばす。

「俺のなか、充でいっぱいにしたい」

藤谷の焦《あせ》るような性急な手つきに急《せ》かされて、先のほうがじわりと染みた。

「すげ、おまえ何言ってるか分かってないだろ」

正気じゃ恥ずかしがって絶対に言わないような言葉で誘ってくる。その誘いに乗らないでいることなんてできない。指を引き抜《ぬ》いた場所は、寂《さび》しそうにぽっかりと空いたままで、さっきまでさんざん藤谷がしゃぶっていた亀頭《きとう》の先を埋《うず》めると、嬉しそうに収縮を繰り返した。

「んっ、ぁ…もっと、ほし…ぃ」

「がっつくなよ」

可愛《かわい》らしい乳首に舌を伸ばし藤谷の体を揺さぶりながら奥に進む。一番奥まで抉《えぐ》るように突《つ》っ込むと、藤谷は気持ちよさそうな声で「充の、すごい」と吐息《といき》のように囁《ささや》く。

「何がすごいの？」

幼い口調が可愛くて問い返す。恥ずかしがる癖《くせ》に大胆《だいたん》なことを口にする。最初の時だって、自分から誘ってきたと思ったら、誰《だれ》とも経験したことがないなんて言われて驚《おどろ》いた。

「わかんな、い…でも、熱くて、いっぱいで…、んっ…は…っ」

聞いてる最中《さなか》に揺さぶった。抱《かか》えた藤谷の足ががくがくと揺れる。

「や…っ、も、だめ」

藤谷が俺の背中に爪《つめ》を立て、開いた足を絡《から》めてきた。

近づいた唇が物欲しげに開くから、唇を寄せて薄い舌を吸い上げる。

「早いだろ」

そう言いながらも、俺も限界が近い。今キスをしている唇が、さっきまで一生懸命《けんめい》に俺のものを銜《くわ》えていたのだと思うと、藤谷のなかでまた少し大きくなる。

「ひぃ…あ、も、おっきくしちゃ、だめ」

「なんで？　気持ちよくなっちゃうから？」

「ん、ん」

分かってるのか分かっていないのか、何度も藤谷が頷《うなず》く。

「いっちゃいそう？」

「ん、いく…」

子供のように素直に答える様に煽《あお》られて、藤谷の腹のなかで吐精《とせい》した。びゅくびゅくと、奥の奥まで注ぎ込んでいると、藤谷の性器も白濁《はくだく》した精液を吐《は》き出す。

「あぅ」

藤谷の体を抱《だ》きしめて、繋《つな》がったまま体の位置を変えた。

「んんっ」

中の角度が変わって、藤谷は苦しいような甘いような声をあげて俺の胸元《むなもと》に顔を伏《ふ》せる。

先ほどとは違って、俺がベッドを背にして藤谷を下から見上げる。

まだ萎《な》えていない陰茎を体のなかに突き刺《さ》したままで軽く突き上げると、藤谷は俺の胸の上で「だめ」と聞き慣れたセリフを口にする。

「ちゃんと起きて」

腰を起こすように摑んで、下から何度か突き上げると拒絶していたはずの藤谷の陰茎が再び勃ちあがってくる。

「ほら、腰振《こしふ》れよ」

手本を示すように縦に揺さぶると、藤谷は真っ赤な顔をしながら「いじわる…だ」と恨《うら》み言《ごと》のように口にした。

「いじわるなんかしてないだろ」

「いじわる…だ、よ。…んぁ、あっ、ふっ」

良いところに当たって藤谷が体を反らせると、尖端《せんたん》が腹のほうに当たって気持ちが良い。

「いじめてんじゃなくて、可愛がってるだけだろ?」

腰が自分から動くようになってきた。その度《たび》に折り曲げた足の間にある陰茎も揺れた。淫蕩《いんとう》な表情も、色の薄い胸の飾《かざ》りも、堪《こら》えきれずまた精液を垂らす陰茎も、その下で震《ふる》える陰嚢《いんのう》も、俺を受け入れるために広げられた入り口も、少し体を起こすだけで全部見える。

「そんな…め、するな、よ」

恥ずかしそうに視線を逸《そ》らした藤谷が、それでも腰を休めずに言った。

「俺どんな目してる?」

「なんか、俺、喰《く》われそ…」

そう言われて、よほど自分が獣《けもの》じみた顔をしているんだろうと思った。こんな風に本能をむき出しにして誰かと関《かか》わるなんてこと初めてだ。他人なんかどうでもよくて、慕《した》われることはあっても誰かを慕ったことなんてなかった。手を伸《の》ばした後に拒絶される痛みを、幼い頃《ころ》から何度も味わってきたから、自然と手を伸ばすことをやめた。

自分の中に「特別な誰か」を作らないことが、俺の防衛術だったのだろう。

だから今までつきあってきた恋人《こいびと》とも簡単に別れられた。別れても何のこだわりもなく側《そば》に居られる関係はある意味理想的な恋愛《れんあい》なのかも知れないが、それは結局大した情熱もなくつきあっていたということの裏返しなのだろう。

だけどそんな俺の内側に藤谷が入ってきた。

——そんな目を俺にさせているのは他《ほか》でもないお前だ。

だから責任は取って貰《もら》う。繋がった場所を指で荒々《あらあら》しくなぞった。

「なんで？　俺のこと喰ってるのは藤谷だろ」

「ひっぁ…あっ、や…」

「すげ、あんまりきつく締《し》め付けんなよ。そんなに美味《うま》い？」

肉付きの悪い尻《しり》をもみながら聞くと「さわっちゃ、だめ」と首を振《ふ》る。

さっきからダメなことだらけだ。それがこいつの口癖《くちぐせ》なんだろうけど、ダメだと言われるとしたくなる。

「触《さわ》らせろよ。もっと、お前のこと気持ちよくしたいんだよ」

それで俺から離《はな》れられなくなればいい。他のやつじゃ満足できない体になればいい。

胸の飾りを弄《もてあそ》びながら、藤谷の動きに合わせて下から突き上げる。

「ひっ、あっ、あっ、んっ」

肉のぶつかる音と一緒《いっしょ》に甲高《かんだか》い嬌声《きょうせい》を漏《も》らした藤谷は目を潤《うる》ませながら、自分の体を支えることができなくなって、さっきと同じように俺の胸に顔を寄せた。

「も、これ以上よくしないで…、変になる」

繋がった場所がきつく締まる。

「俺、も、いく」

濡れた瞳《ひとみ》でそう言った藤谷は「あぁぁっ」と可愛らしい声を上げて、吐精する。

その瞬間《しゅんかん》俺も藤谷の中で絶頂を迎《むか》えた。抜かずに二回も抱き合ったせいで、藤谷はぐったりとしたまま、身じろぎもせずにただ荒《あら》い息を整えている。

その髪《かみ》をくしゃりと撫《な》でてやると「変なの」と甘い雰囲気《ふんいき》にそぐわないことを口にした。

「何が？」

その体から俺の陰茎《いんけい》を抜くと、藤谷はその快感にまた震える。

「十年間憧《あこが》れ続けた人と、こうやって抱き合ってるってこと」

藤谷の言葉の意味がよく分からずに首を傾《かし》げる。

「どうせ充は覚えてないんだろうけど、俺達は十年前に会ってる」

十年前と言われて記憶《きおく》を探《さぐ》る。その頃俺はすでに子役として仕事をしていた。毎日忙《いそが》しかったことは覚えているが、その辺りの記憶は曖昧《あいまい》だ。子供らしくアニメをみたり、ゲームに熱中するなんてことはなかった。興味がなかったというよりも、そんなことをしている暇《ひま》がなかった。

「小学生の時、少しの間モデルしてたんだ。母親がそういうの好きだったから、婦人向けの雑誌に読者モデルとして親子で出てた」

藤谷の子供時代なら、可愛かったんだろう。

「だけどそこで知り合ったカメラマンがおかしなやつで、母親のこと騙《だま》して俺とスタジオで二人きりになった途端《とたん》に、俺の体に触《さわ》ってきたんだ」

そのときの事を思い出したのか、藤谷の顔が不快そうに歪《ゆが》んだ。

「気持ち悪いし、怖《こわ》いし、俺は馬鹿《ばか》みたいに泣いたけど、誰も助けになんか来なかった。充が来るまでは…」

藤谷はそう言って笑う。

その顔を見ていたら、怯《おび》えたように泣いていた子供を思いだした。

「お前、あの時の子か？」

藤谷の言葉に、この十年ろくに思い出すこともなかった記憶が蘇《よみがえ》ってくる。

十年前に俺は何かの宣伝用のポスターを撮《と》るために訪《おとず》れた撮影所《さつえいじょ》で、悪い噂《うわさ》の多いカメラマンが女の子を普段《ふだん》使わないスタジオに連れ込むのを目撃《もくげき》した。

俺は慌《あわ》てて近くのスタッフにスタジオの中に忘れ物をしたと嘘《うそ》を吐《つ》いて、スペアキーを持ってこさせた。スタッフはスタジオのドアを開けてカメラマンが女の子を押し倒《たお》している光景に驚いて固まり、俺はそのスタッフの脇《わき》を抜けて上着を脱《ぬ》がされた女の子の手を摑《つか》んでスタジオから逃《に》げ出した。

俺は人通りの少ないところにその子を連れていき、着ていた私服のシャツを彼女に着せてあげた。

最初は同情していたが、女の子だと思っていたその子が男だと分かり、俺は「男ならいい加減泣きやめ。そんなんだからあんなのに狙《ねら》われるんだ」と呆《あき》れたように言った。

そいつはむっとしたのか「俺のせいだっていうのかよ!」と俺よりも強い口調で言い返すと同時に、俺の肩《かた》をどんと押した。

俺はそれに苛立《いらだ》って「助けてやったのに何するんだよ。大体、俺はお前みたいな泣き虫は嫌《きら》いなんだ」と押し返す。そこから先はケンカのような、じゃれ合いのような取っ組み合いになった。

俺達の声を聞きつけて俺のマネージャーが慌てて俺をそいつから引きはがした。大人《おとな》の力に逆らえず、引きずられるように廊下《ろうか》を歩かされた俺は、それでもそいつに向かって怒鳴《どな》るように「お前のせいじゃないっていうなら、こんなんで潰《つぶ》されるなよ! お前は悪くないっていうなら、ここから逃げちゃだめだからな!」と言った。

「あのあとうちの母親が騒《さわ》ぎを知って、俺はいろいろもめてモデルを辞《や》めたけど、そのときすごく悔《くや》しいと思った。充に言われた言葉が頭の中にあって、ずっと気になってた。だからテレビや舞台《ぶたい》であんたを見るたびにそのときの悔しいって気持ちが蘇ってきた」

最初は嫌いなんだと思ってた。と藤谷が笑った。

「あんたを見るたびに苛々して、悔しくて。だけどあんたが舞台で女を抱いてるのを見て嫉妬《しっと》した時に、好きなんだって気付いた。断るつもりだったデビューの話を受けたのは、あんたの近くに行けるかも知れないと思ったからだ」

「その割には学校じゃ酷《ひど》い扱《あつか》いだったけどな」

どう考えても、好きな相手にするような扱いじゃなかった。

「最初は俺だって、普通《ふつう》に話しかけてただろ」

俺の言葉に拗《す》ねるように藤谷が反論する。

「だけど全然相手にしてくれないし、挙げ句は無視するから……俺だってどうしていいのかわかんなかったんだよ。せっかく近くに行けたと思ったのに、それでもまだ全然遠かったから寂《さび》しかったんだ」

そう呟《つぶや》いた藤谷の掠《かす》れた声が切ない響《ひび》きを持っていたから、慰《なぐさ》めるようにキスをする。柔《やわ》らかな舌をちゅっと音を立てて吸い上げると、鼻にかかった声が漏れた。

「なんで…今まで言わなかったんだ?」

「思い出してくれるかもしれないって、期待してた」

深いキスでまた呼吸が乱れた藤谷は「でも、いい」と続ける。

「こうやって抱《だ》き合えるから、もう思い出してくれなくてもいい」

そう言って藤谷は笑った。いつもは無気力でつまらなそうな顔をしてる癖《くせ》に、本当に嬉《うれ》しそうに笑うからこっちまで釣《つ》られて笑ってしまう。

抱き合って、キスをして、笑って。藤谷とこんな風に過ごすなんて映画が始まる前は思いもしなかったけど、今ではこんな関係が心地《ここち》よくてたまらない。

腕《うで》の中に可愛《かわい》い恋人を抱きしめながら「好きだよ」と口にしたら、藤谷の耳以上に自分の頬《ほお》が赤くなるのが分かった。


初日の舞台挨拶《ぶたいあいさつ》で俺は久しぶりに藤谷と顔を合わせた。舞台袖《そで》で司会者の女性が観客に向かって今後の進行を説明するのを聞きながら、スピーチで何を話そうかと考えたがうまく纏《まと》まらないので舞台に出てから決めることにした。

横にいる藤谷は俺とは対照的に似合わないぐらい緊張《きんちょう》している。

「珍《めずら》しいな」

思わずそう口にすると藤谷はばつが悪そうな顔で、「ライブとは違《ちが》うから」と口にした。俺からすれば舞台挨拶なんかよりも、あんな大勢の前で歌う事の方が精神的にきつい。

特に俺は音痴《おんち》だから考えただけでも恐《おそ》ろしい。

「大丈夫《だいじょうぶ》だよ」

震《ふる》える藤谷の手を握《にぎ》り込む。力をこめて握ったら、藤谷が「誰《だれ》かに見られたら変に思われるんじゃねーの?」と恥《は》ずかしそうに口にする。

「かもな」

だけどもうそんなの今更《いまさら》だと思った。台本の件で女優の前であんな風に啖呵《たんか》を切ったんだから。いっそ繋《つな》いだまま舞台に出てしまおうかとも考えて、それならそれでまた話題になりそうだなと思った。

「ごめん、ちょっと前いいかな」

そう言って遅《おく》れてきた監督《かんとく》が俺達の前を通り過ぎる。そろそろ出番だから握った手をそっと放した。舞台袖の最後尾《さいこうび》に並んでいた俺が藤谷の背を促《うなが》すように軽く押すと、藤谷も監督の後に付いて前から二番目に並ぶ。

監督が来るまで頑張《がんば》って話を延ばしていた司会者の女性が、スタッフに合図されて安堵《あんど》の表情を浮《う》かべる。

『それでは監督、キャストの皆様《みなさま》に登場して頂きましょう。どうぞ皆様盛大な拍手《はくしゅ》でお迎えください。矢代勇歩監督、主役の凪航《なぎわたる》役を務めました京さん、柏木奈々《かしわぎなな》役の岬サクラさん、芦河《あしかわ》薫《かおる》役の鹿山篤郎さん、朝丘仁《あさおかじん》役の井川充さんです』

司会者の言葉に会場からちらほら笑いが起こった。自分の間違いに気付かない司会者はこのまま進行するつもりらしい。

『それではまず矢代監督から映画を見終わったみなさんに一言お願いします』

矢代監督は苦笑《くしょう》しながらマイクを取ると「朝丘仁役の井川充さんですね」と俺を見て口にす

る。あっ、と息を飲む司会者に会場から笑いが起こったので、俺はマイクに向かって「二回もご紹介《しょうかい》ありがとうございます」と答えた。

その切り返しに監督は笑いながら、今日来てくれた礼を観客に述べる。

続いて紹介された順に挨拶《あいさつ》が行われた。

藤谷はいつもの調子でぼそぼそと無気力そうにしゃべる。観客はそれが良いらしく、そこかしこから悲鳴に似た嬌声《きょうせい》が上がる。

観客席では明らかに藤谷目当てで来たらしい派手な格好の女子が目立っていた。

質疑応答を含《ふく》めて全体的な挨拶が終わり、そのまま捌《は》けるのかと思っていたら舞台袖があわただしいことに気付く。

『えー、本日ですね、急遽《きゅうきょ》スペシャルゲストとしてガドの皆さんが駆《か》けつけてくれました』

観客席からどよめきが聞こえて、舞台の上にあの派手な連中が登場する。藤谷と仲の悪い奴《やつ》等《ら》が自分たちの宣伝のために嫌々《いやいや》来たのかと思っていたら、無気力か不機嫌《きげん》な顔しかメディアに見せない連中が花束を持って現れた。

そのうえマイクを渡《わた》されて、興奮したような顔で「面白《おもしろ》かったです」と口にする。

『うちの京が出るって聞いたときには、少し驚《おどろ》きましたけど…予想以上に演技がうまかったんで、二時間あっという間でした』

普段お世辞や褒《ほ》め言葉なんて言わないような連中が口々に褒めるのを聞いていると、観客の何人かが賛同するように頷《うなず》いているのが見える。

拍手のなかで舞台を捌けるとき側《そば》にいたガドのメンバーが俺に向かって「この前はすみませんでした」と口にした。そう言われて、この男に殴《なぐ》られたことを思い出す。

「もう気にしてない」

このところ忙《いそが》しくて、そんなことすっかり忘れていた。

「俺はあなたが羨《うらや》ましいですよ」

男は自嘲《じちよう》気味にそう言ってから「あいつ、あなたの話するときに笑うんです」と続ける。狭《せま》くて暗い舞台袖《ぶたいそで》を通り抜《ぬ》けながら、俺は藤谷がバンドのメンバーの前で俺の話をするのを意外に思った。

「俺達の前じゃ不機嫌な顔しか見せなかったのに。最近は、少し丸くなった。出会ったばっかりの頃《ころ》はもっと刺々《とげとげ》しかったから。それもあなたのお陰《かげ》なんですよね？」

少し寂しそうに男は口にすると「あいつが辞めるって言ったとき、引き留めてくれて助かりました」と言ってそのまま廊下で待っていたマネージャーの方に向かう。

「なんだ、うまくやってるのか」

バンドのメンバーと不仲だと知っていたから心配していたが、どうやら杞憂《きゆう》だったようだ。

関係者控《ひか》え室へと歩いていると、後ろから走ってきた藤谷が俺の横に並ぶ。

「あいつらが来るとは思わなかった」

藤谷は心底驚いたようにそう言った。まさか藤谷も知らなかったんだろうか。

「うまくやってるようで良かったよ」

「……充が殴られたときは本気で辞めようと思ってたけど、なんか最近あいつら頑張ってるんだよ。前よりも上手《うま》くなった」

音楽のことはよくわからないが、藤谷がそう言うならそうなんだろう。

「お疲《つか》れー」

背後からやってきた鹿山が藤谷の横に並んで、その肩《かた》に腕をかける。

「そういえばお前にもドラマのオファーが来てるんだろ？」

鹿山の馴《な》れ馴れしい仕草を鬱陶《うっとう》しげに藤谷が目で咎《とが》めたが、鹿山はそんなの気にしていないようだ。相変わらずこの二人は仲が悪い。その原因の俺が言うのもなんだが、考え方は似ているんだから仲良く出来そうなものなのに。それとも似ているからこそ駄目《だめ》なんだろうか。

「どんなドラマなんだ？」

どちらともなくそう聞くと、藤谷が「少女漫画《まんが》原作のラブコメ」と答える。最近映画にしろドラマにしろ原作付きが多い。制作側は確実にヒットするものを出したいんだろう。オリジナルを一から作るよりも、既《すで》にある物を形作る方が高視聴率《しちょうりつ》を稼《かせ》ぎやすいという背景もある。優秀《ゆうしゅう》なシナリオライターはたくさんいるのに、勿体《もったい》ない話だ。

「じゃあ断るんだろ？」

ラブコメなんて藤谷のイメージとはほど遠い。彼のマネージャーなら藤谷のイメージを守るために絶対に引き受けはしないだろう。なにより、藤谷自身が断りそうだ。

「出る」

藤谷の返答は鹿山も俺も予想外だった。

「意外だな。どんな心境の変化だ？」

「川添とお前が出るから」

肩に載《の》った鹿山の腕を払《はら》い落としながら藤谷がそう口にする。

「は？」

「主人公の片思いの相手が俺で、川添は主人公に片思いしてる役なんだろ？　あんたの役所《やくどころ》は良く知らないけど」

「はっ、なんだよ俺に気でもあんの？」

馬鹿《ばか》にするように鹿山が笑う。藤谷はそんな鹿山に向かって好戦的に笑いかける。

「演技でてめーらを食う」

本気でそう口にした藤谷に、思わず鹿山が固まったのが解《わか》った。

「充と演技してるときに、俺は操《あやつ》られて自分が理想の演技に近づくのを感じた。あれが相手を活《い》かすってことだよな。だけど反対にお前と演技してるときに、俺は自分の演技が抑《おさ》えつけられるのをたまに感じた。それが食うって事だよな」

藤谷の言葉に映画のワンシーンが蘇《よみがえ》る。鹿山と藤谷が対立するシーンで、確かに鹿山が藤谷よりも際《きわ》だってうまく見えた部分があった。本当はああいうことはしてはいけないのだ。いくら相手役が自分より演技の上で劣《おと》っていたとしても、自分だけが際だつように演技をしてしまっては映画全体の調和が揺《ゆ》らぐ。

「今度は俺がお前を抑えつける」

藤谷のその挑戦《ちょうせん》に鹿山は馬鹿にしたように薄《うす》ら笑いを浮かべたが、すぐにそれを引っ込めると「やれるもんならやってみろよ」と藤谷に負けず劣らず好戦的な笑顔《えがお》を見せて俺達の側を離《はな》れた。

その返答で鹿山がこの状況《じょうきょう》を楽しむつもりだというのが解った。元来あいつも負けず嫌《ぎら》いなんだ。こんな風に挑戦されたら黙《だま》ってはいられないだろう。

「がんばれよ」

俺は二人のやりとりに苦笑しながらそう言った。

「なんか馬鹿にしてるだろ」

藤谷がむっとしたようにそう言う。

恐《おそ》らく藤谷は鹿山を食うことはできないだろう。確かにうまくなったが、まだ鹿山には及《およ》ばない。だけど動機がなんであれ、こいつが演技に対して向上心を持つのは良いことだ。

俺はもっとうまくなっていく藤谷を見たい。

「俺のことも食えるぐらいの役者になったら、また共演しような」

ふいに藤谷がマネージャーに呼ばれる。こいつはこの後仕事が入っているらしく、久々の逢《おう》瀬《せ》はこれで終わりだ。

短い時間を惜《お》しむように腕時計《うでどけい》に目を落とすと、藤谷は離れるまえに俺の腕《うで》を摑《つか》む。

「すぐに追いつく」

真剣《しんけん》な顔でそう言うから、俺は思わず頷いた。

食うか食われるか、そんな緊張感《きんちょう》をこいつと持つのも悪くない。むしろその方が、気を遣《つか》って演技をするよりもずっといい。

「待ってるよ」

だから早くここまで来い。

不敵な笑みを崩《くず》さないまま離れていく藤谷を見送ってから、俺も頑張《がんば》らなきゃならないと決意を改める。いつの間にか藤谷や鹿山に抜かれていたら、格好が悪い。

それに追いかけるよりも追いかけられたいじゃないか。

そう思いながら俺は、一人関係者控え室に向かった。


それから、映画「狂王の夏」はロングランにロングランを重ねて、観客動員数はついに三百万の大台を超《こ》えた。日本では年間で映画館に足を運ぶ人が少ないために、三百万は大ヒットと呼べる。映画の公開終了《しゅうりょう》を待たずに続編の話が持ち上がっていて、矢代監督《かんとく》は早くも続編の脚本《きゃくほん》に取りかかっていると聞いた。

台本の件は関係者側の自作自演の宣伝だと一時は騒《さわ》がれたが、そんな風評をあざ笑うかのように既に多数の映画賞の候補に名前が挙がっているらしい。

忙しかった一年が終わり、俺は再び舞台《ぶたい》の世界に戻《もど》って学業との両立に苦労している。藤谷とはプライベートで月に二、三度会える程度だが、それでもお互《たが》いに充実《じゅうじつ》した生活を送っている。会えない時間を埋《う》めるように、会えば必ず濃厚《のうこう》な時間を過ごす。

お互い好きだという気持ちを忘れなければ、きっと俺達はこのままうまくやっていけるだろう。

会えない時間も想《おも》い合っているのだから。

# あとがき

こんにちは、成宮《なりみや》ゆりです。

手にとって頂きありがとうございます。

今作では前作に引き続き〝職業もの〟を書かせて頂きました。

因《ちな》みに前作とはストーリー上はなんの繋《つな》がりもありません。

職業ものとはいえ主人公の二人が高校生なので、表紙は制服姿です。

桜城《さくらぎ》やや先生の描《えが》く学ランが観《み》たいがために、主人公達を学ランにしました。

相変わらず私には勿体《もったい》ないほどに素敵《すてき》なイラストばかりです。作者の私ですら小説ではなく、挿絵《さしえ》ばかりを捲《めく》ってしまいそうです。執筆《しっぴつ》中は先生のイラストを活力に筆を進めていました。

お忙《いそが》しいなか引き受けて頂き、ありがとうございました。

さて肝心《かんじん》の内容ですが、今作では思春期をテーマに書いてみました。

大人びた恋愛《れんあい》をしてきて擦《す》れている充と、無気力で怠惰《たいだ》とみせかけて人一倍陰《かげ》で努力をしている京一はある意味対極にある二人でした。そんな二人が相互《そうご》に影響《えいきょう》し合って変わっていく姿を楽しんで頂けたらと思います。

また、今作の途中《とちゅう》で担当様が交代されました。

前担当様にはデビューから今日までお世話になりました。本当にいろいろとありがとうございました。新しい担当様、不束者《ふつつかもの》ですがこれからよろしくお願いします。

前担当様から聞いているとは思いますが、すぐに暴走するきらいがあります。

最後になりましたが、読者の皆様《みなさま》。

読んで頂きありがとうございました。

皆様に少しでも面白《おもしろ》いと思って頂ける話を書けるように、今後も努力していきたいと思います。

いつも励《はげ》ましのお言葉ありがとうございます。心のオリゴ糖です。

それでは、また皆様にお会い出来る事を祈《いの》って。

平成二十年六月

成宮ゆり

KADOKAWA
RUBY BUNKO

手《て》に入《い》れたいのはオマエだけ

成宮《なりみや》ゆり

角川ルビー文庫　R110-5　15215

平成20年7月1日　初版発行

発行者——井上伸一郎
発行所——株式会社角川書店
東京都千代田区富士見2-13-3
電話/編集(03)3238-8697
〒102-8078
発売元——株式会社角川グループパブリッシング
東京都千代田区富士見2-13-3
電話/営業(03)3238-8521
〒102-8177
http://www.kadokawa.co.jp
印刷所——旭印刷　製本所——BBC
装幀者——鈴木洋介



ISBN978-4-04-452005-2　C0193　定価はカバーに明記してあります。

KADOKAWA RUBY BUNKO

# 角川ルビー文庫

いつも「ルビー文庫」を
ご愛読いただきありがとうございます。
今回の作品はいかがでしたか？
ぜひ、ご感想をお寄せください。

〈ファンレターのあて先〉

〒102-8078 東京都千代田区富士見2-13-3
角川書店 ルビー文庫編集部気付
「成宮ゆり先生」係

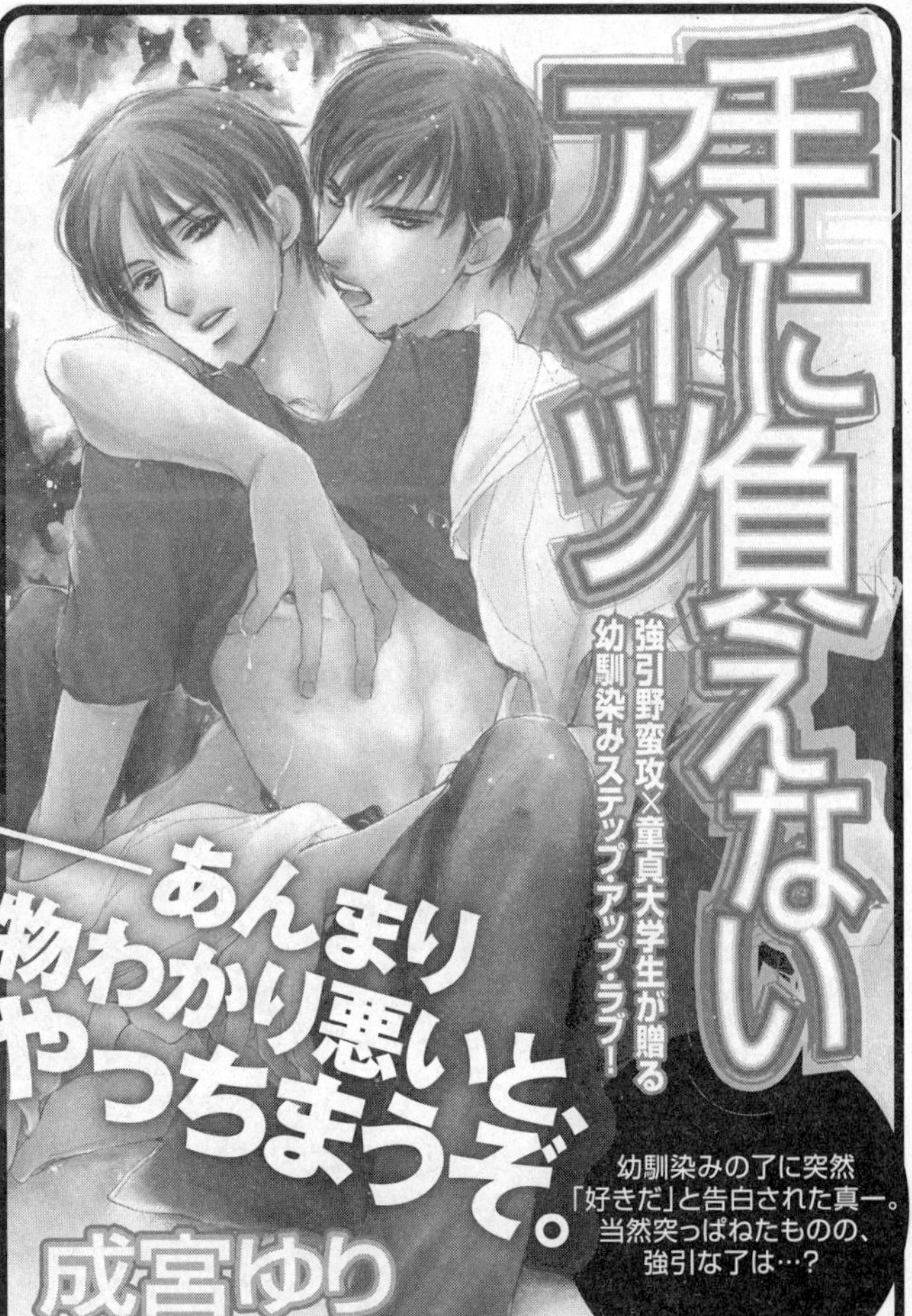
手に負えないアイツ
強引野蛮攻×童貞大学生が贈る
幼馴染みステップ・アップ・ラブ！
——あんまり
物わかり悪いと、
やっちまうぞ。
幼馴染みの了に突然
「好きだ」と告白された真一。
当然突っぱねたものの、
強引な了は…？
成宮ゆり
イラスト◆陸裕千景子